O exílio do velho rei

Arno Geiger

O exílio do velho rei

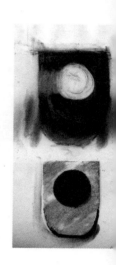

Tradução: Claudia Beck

ARGUMENTO

Título original: Der alte König in seinem Exil
© Carl Hanser Verlag München, 2011
© desta edição: 2012, Editora Paz e Terra Ltda.

Direitos de edição da obra em língua portuguesa no Brasil adquiridos pela EDITORA PAZ E TERRA. Todos os direitos reservados. Nenhuma parte desta obra pode ser apropriada e estocada em sistema de banco de dados ou processo similar, em qualquer forma ou meio, seja eletrônico, de fotocópia, gravação etc., sem a permissão do detentor do copirraite.

EDITORA ARGUMENTO, UM SELO DO GRUPO EDITORIAL PAZ E TERRA LTDA.
Rua do Triunfo, 177 — Sta Ifigênia — São Paulo
Tel: (011) 3337-8399 — Fax: (011) 3223-6290
http://www.pazeterra.com.br

Texto revisto pelo novo Acordo Ortográfico da Língua Portuguesa.

DADOS INTERNACIONAIS DE CATALOGAÇÃO
NA PUBLICAÇÃO (CIP)
(Câmara Brasileira do Livro, SP, Brasil)

Geiger, Arno
 O exílio do velho rei / Arno Geiger ; tradução Claudia Beck. — São Paulo : Argumento, 2012.

 Título original: Der alte König in seinem Exil

 ISBN 978-85-88763-25-8

 1. Doença de Alzheimer – Pacientes – Biografia 2. Escritores austríacos – Biografia 3. Geiger, Arno, 1968– 4. Geiger, August, 1926– 5. Pai e filho – Áustria – Biografia I. Título

12-11851   CDD 833

Índices para catálogo sistemático:
 1. Literatura austríaca   833

"É preciso apresentar individualmente até aquilo que é mais geral."

— *Hokusai*

Quando eu tinha seis anos, meu avô deixou de me reconhecer. Ele morava na casa que ficava no terreno logo abaixo do nosso, e como eu cortava caminho pelo seu pomar para ir à escola, às vezes ele atirava uma acha na minha direção: eu não tinha nada que estar ali. Às vezes, porém, ele ficava feliz ao me ver, se aproximava de mim e me chamava de Helmut. Mas isso não tem tanta importância, não é algo com que eu possa começar. Vovô morreu. E me esqueci desses momentos — até meu pai ficar doente.

Na Rússia há um provérbio que diz que nada permanece nessa vida, exceto nossos defeitos. E, na velhice, eles se acentuam. Como papai sempre teve uma tendência de se fechar com suas esquisitices, passamos a justificar as súbitas ausências que se iniciaram logo depois da aposentadoria como um simples e profundo desinteresse pelas coisas ao seu redor. Seu comportamento parecia típico. E durante anos o irritamos, pedindo com insistência que ele fizesse um esforço e agisse de outro modo.

Hoje, sinto uma raiva surda desse desperdício de forças, pois brigávamos com a pessoa quando deveríamos estar atacando a doença. "Por favor, não seja tão descuidado!", dizíamos uma centena de vezes, e papai aceitava, paciente, seguindo o lema de que mais fácil é se resignar logo. Ele não queria desafiar o esquecimento e também jamais usou qualquer dos mais simples truques de memorização, por isso não corria o risco de reclamar que alguém havia amarrado uma fita no seu dedo. Ele não lutava contra seu declínio mental e nem uma vez procurou conversar conosco a respeito disso, embora ele — hoje eu sei — já soubesse, desde meados dos anos 1990, o mais tardar, da seriedade da coisa. Se ele tivesse dito aos filhos "Sinto muito, meu cérebro está me deixando na mão", poderíamos ter lidado melhor com o que estava acontecendo. No entanto, durante anos, ficamos brincando de gato e rato: meu pai era o rato, nós éramos os ratos e a doença, o gato.

A primeira fase da doença, muito apavorante, marcada pela insegurança e incerteza, já ficou para trás, e embora eu ainda não goste de pensar nela, agora compreendo que há uma diferença entre entregar os pontos por desistir de lutar ou por se saber vencido. Papai partiu do pressuposto de que estava vencido. Quando ele começou a perder as forças, resolveu manter a pose — algo que, na falta de remédios mais eficazes, também se torna uma alternativa razoável para os familiares lidarem com a tragédia da doença.

Milan Kundera uma vez escreveu: "A única coisa que nos resta em relação a essa derrota inevitável que chamamos vida é a tentativa de compreendê-la." Imagino a fase intermediária da demência, na qual meu pai se encontra no momento, mais ou menos assim: somos arrancados de um sono profundo, não sabemos onde estamos, as coisas giram ao nosso redor, países, anos, pessoas. Tentamos nos orientar, mas nada dá certo, as coisas continuam a girar, mortos, vivos, recordações, alucinações, trechos de frases que não fazem sentido — e esse estado não se altera em nada durante o restante do dia.

Quando estou em casa, algo que não é muito frequente, uma vez que distribuímos o peso dos cuidados em diversos ombros, acordo papai por volta das nove. Ele se encontra deitado e totalmente atônito debaixo das cobertas, mas já está bastante acostumado com pessoas estranhas entrando em seu quarto, de modo que não reclama.

"Você não quer se levantar?", pergunto amistosamente. E para espalhar um pouco de otimismo, acrescento: "O dia está lindo hoje."

Cético, ele se ergue. "O seu, talvez", ele diz.

Passo-lhe as meias, ele as observa por um instante com as sobrancelhas erguidas e depois pergunta:

"Onde está a terceira?"

Ajudo-o a se vestir para que o processo não dure uma eternidade, ele aceita tudo de boa vontade. Em seguida, desço com ele até a cozinha. Depois do café da manhã, insisto para que se barbeie. Ele diz, piscando:

"Teria sido melhor eu ter ficado em casa. Não vou visitar você tão cedo de novo."

Aponto-lhe o caminho até o banheiro. Ele cantarola: "Ai-ai, ai-ai..." e tenta ganhar tempo.

"É apenas para você se barbear, para ficar parecido com você mesmo", digo.

Ele me segue, hesitante. "Se você está dizendo...", murmura, esfregando com força os cabelos, que ficam espetados para cima. Ele volta a se olhar, diz "Quase novinho em folha", sorri e agradece com carinho.

Nos últimos tempos, ele passou a agradecer com bastante frequência. Há alguns dias, ele disse, sem que eu pudesse identificar o mais remoto motivo: "Muito obrigado, desde já."

Passei a reagir a tais manifestações de maneira parecida: "Por nada", digo, ou "Não tem de quê", ou "Foi um prazer". Pois, segundo a experiência, as respostas que trazem uma confirmação da realidade embutida em sua pergunta transmitem a papai a sensação de que tudo está em ordem, e isso é melhor do que ficar lhe fazendo as perguntas de antes, que só o envergonhavam e o deixavam inseguro. Ninguém gosta de responder a perguntas que, no caso dele, quando compreendidas só darão a dimensão da própria invalidez.

No início, essas medidas de adaptação eram dolorosas e desgastantes. Quando somos crianças, achamos nossos pais fortes e acreditamos que eles enfrentam os percalços da vida com firmeza; por essa razão, suas fraquezas que gradualmente se tornam visíveis são muito mais difíceis para nós do que para as outras pessoas. Nesse meio-tempo, porém, acabei me adaptando razoavelmente bem ao novo papel. E também aprendi que precisamos de novos parâmetros para a vida de uma pessoa acometida pela demência.

Se meu pai quer agradecer, que agradeça, mesmo sem um motivo aparente, e se quer se queixar que o mundo inteiro o deixa na mão, que se queixe, mesmo que suas avaliações diante dos fatos não sejam válidas. Para ele, não há mundo fora da demência. Por essa razão, como parte da família, só me resta tentar suavizar um pouco a amargura do todo, à medida que aceito a realidade embaralhada do doente.

Como papai não consegue mais atravessar a ponte para chegar ao meu mundo, tenho de ir até ele. Lá do outro lado, dentro das fronteiras de seu estado mental, para além de nossa sociedade totalmente baseada na objetividade e iniciativa, ele ainda é um homem respeitável, e mesmo que não seja sempre totalmente razoável segundo os padrões comuns, ainda tem algo de brilhante.

Um gato atravessa o jardim. Papai diz: "Antigamente eu também tinha gatos, não exatamente só para mim, mas em sociedade."

E certa vez, quando lhe perguntei como estava passando, ele respondeu:

"Não há milagres, mas sinais."

Em seguida, frases sem nexo, tão improváveis e erráticas como aparecem às vezes em sonhos: "A vida sem problemas também não é mais fácil."

Humor e sabedoria de August Geiger. Pena que a linguagem está escorrendo aos poucos para fora dele; as frases que nos fazem sair do prumo também se tornam cada vez mais raras. Fico sensibilizado com tudo isso que se perde. Parece que estou assistindo a papai sangrar em câmera lenta. A vida goteja de seu interior. A personalidade escoa gota a gota da pessoa. A sensação de que esse é meu pai, o homem que ajudou a me criar, ainda está intacta. Mas os momentos nos quais não reconheço o pai de antes se tornam mais frequentes, principalmente à noite.

As noites oferecem um aperitivo daquilo que a manhã logo irá oferecer. Pois o medo chega quando escurece. Papai deambula, atônito e desassossegado, como um velho rei em seu exílio. Pois tudo o que ele enxerga é amedrontador, oscilante, instável, ameaçado de se dissolver no instante seguinte. E nada traz a sensação de estar em casa.

Estou há algum tempo na cozinha, escrevendo anotações no meu notebook. Na sala, a televisão está ligada e papai, que escuta vozes vindas dali, se esgueira na ponta dos pés pelo hall, espreita e murmura várias vezes para si:

"Não estou entendendo."

Depois ele vem até mim, na cozinha, faz de conta que está me observando escrever. Olhando-o pelo canto dos olhos, porém, percebo que ele precisa de apoio.

"Você não quer assistir a um pouco de televisão?", pergunto.

"O que eu ganho com isso?"

"Ora, um pouco de distração."

"Prefiro voltar para casa."

"Você está em casa."

"Onde estamos?"

Digo o nome da rua e o número da casa.

"Certo, mas nunca estive aqui."

"Você construiu esta casa no fim dos anos 1950 e desde então mora aqui."

Ele faz uma careta. A informação que acabou de receber parece não satisfazê-lo. Ele coça a nuca.

"Acredito em você, em parte. E agora quero ir para casa."

Olho para ele. Embora ele tente esconder sua perturbação, dá para perceber como o momento lhe é difícil. Ele está muito inquieto, a testa molhada de suor. A visão desse homem à beira do pânico me arrepia.

A impressão torturante de não estar em casa faz parte do quadro da doença. A minha explicação é a seguinte: a pessoa acometida pela demência perdeu, por conta de sua desordem interior, o sentimento de estar acolhida e anseia por um lugar onde experimentará novamente esse acolhimento. Mas como essa sensação de irritação não cessa nem nos lugares mais conhecidos, nem a própria cama pode ser um possível lar.

E para fazer eco a Marcel Proust, os verdadeiros paraísos são aqueles que perdemos. Mudança de lugar não gera nenhuma melhora nesses casos, a não ser como mera distração, que pode ser alcançada da mesma maneira, se não melhor, com o canto. Cantar é divertido, pessoas dementes gostam de cantar. Cantar é algo emocional, um lar fora do mundo tangível.

A propósito de cantar: muitas vezes se diz que pessoas acometidas pela demência são como crianças pequenas — quase não há nenhum texto sobre o tema que não faça uso dessa comparação; isso é irritante. Pois é impossível que uma pessoa adulta involua até se tornar uma criança, visto que a essência da criança é evoluir. Crianças adquirem habilidades, pessoas dementes perdem habilidades. O trato com crianças aguça o olhar para os ganhos, o trato com pessoas dementes aguça o olhar para a perda. A verdade é que a velhice não devolve nada, é um tobogã, e uma das maiores preocupações que a velhice pode nos trazer é que ela pode durar demais.

Ligo o CD player. Helga, minha irmã, comprou uma coleção de músicas populares com esse objetivo. *Hoch auf dem gelben Wagen. Zogen einst fünf wilde Schwäne.* Muitas vezes a estratégia funciona. Cantarolamos durante uma meia hora, o velho acaba se envolvendo tanto na atividade que eu acabo rindo. Papai fica atento, e como já está mesmo na hora, aproveito a oportunidade e peço que suba para o quarto. Agora ele está de bom humor, embora a compreensão sobre tempo, espaço e fatos ainda seja sofrível. Mas no momento isso não lhe traz dor de cabeça.

Penso que o importante não é vencer, mas superar, e nesse meio-tempo o dia já me exauriu tanto quanto papai. Digo-lhe o que ele tem de fazer até estar metido em seu pijama. Ele se deita sozinho debaixo da coberta e afirma:

"O principal é que eu tenho um lugar para dormir."

Ele olha ao seu redor, ergue a mão e cumprimenta alguém que só existe para ele. Em seguida, diz:

"Dá para aguentar por aqui. Até que este lugar é bem agradável."

Como vai, papai?

Bem, tenho de dizer que estou bem. Mas entre aspas, pois não estou em condições de julgar isso.

O que você pensa sobre o passar do tempo?

O passar do tempo? Na verdade, para mim tanto faz se ele passa rápido ou devagar. Não sou exigente para essas coisas.

As sombras daquele início ainda me perseguem, embora os anos tenham criado um claro distanciamento. Se olho pela janela, para o pomar congelado pelo inverno lá embaixo, e olho para trás, para o que aconteceu comigo, sou tomado pela sensação de um passo em falso, que dei há muito tempo.

A doença de papai começou com uma lentidão tão atordoante que era difícil perceber o real significado daquelas mudanças. As coisas chegavam sorrateiras como a morte na lenda camponesa, em que ela fica batendo seus ossos do lado de fora, no corredor, sem se mostrar. Escutávamos o ruído e pensávamos que se tratava do vento batendo na casa, que apodrecia devagar.

Os primeiros sinais da doença surgiram em meados dos anos 1990, mas não conseguimos interpretá-los corretamente. Chego a balançar amargamente a cabeça ao lembrar da reforma do apartamento com varanda, quando papai quebrou as tampas de cimento das antigas caixas de decantação porque não conseguia erguê-las e recolocá-las sozinho. Não foi a primeira situação em que tive a impressão de que ele me dificultava a vida de propósito. Gritamos um com o outro. Durante o restante da obra, eu deixava a casa sempre com medo da próxima surpresa desagradável que estaria me aguardando no retorno.

E, então, houve a visita de um jornalista da Rádio e Televisão Suíça. Esse dia também ficou marcado na minha memória. Era o outono de 1997, pouco depois do lançamento de meu primeiro romance. Eu seria gravado lendo um capítulo do livro, e pedi a papai que não fizesse barulho à tarde. Logo no início da gravação começou um martelar constante na oficina, que durou o tempo todo em que o microfone do jornalista esteve ligado. Ainda enquanto lia, senti uma profunda irritação de papai, sim, quase ódio por causa de sua falta de consideração. Nos dias seguintes, evitei-o e passei outros tantos sem lhe dirigir a palavra. A palavra de ordem era: *sabotagem*.

E quando Peter, meu irmão mais velho, se casou? Era 1993. Papai passou mal do estômago durante a festa de casamento, pois tinha passado do limite, e depois do jantar, com diversos pratos, ainda devorou dez ou quinze fatias de torta. Tarde da noite, ele se arrastou até em casa e ficou dois dias de cama, cheio de dor. Ele tinha medo de morrer, mas ninguém sentiu pena, pensávamos que tinha feito por merecer. Ninguém viu que ele, lentamente, perdia as habilidades cotidianas.

A doença encobriu-o com sua rede, aos poucos, de maneira imperceptível. Sem que tivéssemos notado, ele já estava completamente emaranhado nela.

Enquanto os filhos não sabiam interpretar os sinais, a sensação de perceber em si próprio as mudanças deve ter sido torturante para ele, o medo penetrante de que algo hostil se apoderava dele, algo contra o qual ele não podia se defender. Ele nunca falava a esse respeito, era impedido por seu retraimento, por sua incapacidade de comunicar sentimentos. Não era sua personalidade, ele nunca tinha agido assim, e agora era tarde demais para começar. Para aumentar o azar, ele transmitira essa incapacidade aos filhos, por isso não houve nenhum movimento significativo nesse sentido. Ninguém teve coragem de avançar o sinal. Deixávamos as coisas tomarem o seu curso. Sim, é verdade, papai tinha momentos estranhos. Mas será que não tinha sido sempre assim? No fundo, seu comportamento estava normal.

Realmente, no começo tudo que era esquisito parecia ser apenas o resultado compreensível de determinadas características de personalidade frente a uma nova situação. Papai estava ficando mais velho, mas além disso sua mulher o deixara, depois de trinta anos de casamento. Era fácil supor que isso o deixava sem ânimo.

A separação abalou-o profundamente, ele se opôs veementemente a um divórcio — por um lado porque queria ficar com mamãe e por outro porque, para ele, havia coisas que criam laços indissolúveis. Ele não percebeu direito que determinadas convenções já tinham perdido a validade. Na contramão da flexibilidade com que se trata a vida hoje, ele se prendia a uma decisão tomada há décadas e não queria quebrar um juramento. Nesse sentido, ele também pertencia a uma geração diferente da de sua mulher, quinze anos mais nova. Para ela, não eram a honra ou um juramento que estavam em jogo, mas uma vida que permitisse procurar a felicidade em outro lugar. Enquanto minha mãe deixava a casa, meu pai se agarrava internamente no relacionamento morto, fiel à causa perdida.

A partida dela deflagrou nele um tempo de meditação e inatividade. Era como se sua última mola tivesse estourado. Ele abriu mão até da jardinagem, embora soubesse que os filhos estavam muito ocupados com seus trabalhos e reclamavam de ter que cuidar da tarefa. Papai se afastou de quase tudo, não havia mais nenhum traço da energia do passado, com a qual cumpriu durante décadas seus compromissos. Lapidar, anunciou que era a vez dos mais jovens e que ele já tinha trabalhado demais na vida.

Essas desculpas nos irritavam e eram de fato apenas desculpas, mesmo que para algo diferente daquilo que supúnhamos. Pensávamos que suas dificuldades originavam-se da inatividade. Mas era o inverso, a inatividade exigia o maior esforço; ele se percebia perdendo o controle, e acabou renunciando a qualquer responsabilidade.

Em vez de regar diariamente o canteiro dos tomates, ele passava o tempo jogando paciência e assistindo à televisão. Lembro-me como suas alegrias monótonas me estressavam. Para mim, que por essa época tentava tomar pé na profissão, sua vida me cheirava a indiferença bolorenta. *Jogar paciência e assistir à televisão?* A longo prazo isso não é vida, eu pensava, e não disfarçava minha opinião. Eu suplicava a papai, eu provocava, fazia troça, falava de preguiça e falta de iniciativa. Mas mesmo as tentativas mais persistentes em tirá-lo de sua apatia malogravam fragorosamente. Ele suportava os ataques com o semblante de um cavalo que está imóvel sob a tempestade. E seguia com sua pasmacenta rotina.

Se naquela época eu não tivesse tido a necessidade de passar vários meses na casa de meus pais para ganhar um dinheiro — que a escrita não me trazia — como técnico de som e vídeo no palco flutuante de Bregenz, eu teria me afastado dali. Passados poucos dias do início da estada, uma melancolia sem fim desabou sobre mim. Meus irmãos sentiram a mesma coisa. Todos se mudaram, um após outro. Os filhos se dispersavam. A atmosfera ao redor de papai se tornava mais rarefeita.

Nosso estado de espírito era mais ou menos esse em 2000. A doença corroía não apenas o cérebro de papai, mas também a imagem que eu fizera dele quando criança. Durante toda a infância, senti orgulho de ser seu filho. Agora eu o achava mais e mais um cabeça *oca*.

Deve ser verdade aquilo que Jacques Derrida disse: quando escrevemos, estamos sempre pedindo por perdão.

Tia Hedwig relata uma visita que Emil — o mais velho dos seis irmãos de meu pai — e ela lhe fizeram. Emil estava com a máquina de cortar cabelo e o avental, mas tia Hedwig não se lembra mais se permitiu que seu cabelo fosse cortado. Devia ser no meio da tarde. Para espanto dela, havia um prato com restos de molho de tomate sobre a mesinha de centro da sala. Mais tarde, um copo escorregou da mão de meu pai. Ele ficou olhando, atônito, ao que tia Hedwig se ofereceu para limpar os cacos. Ela lhe perguntou onde ficavam a vassoura e a pá. Ele não conseguiu responder, apenas a encarou, e, de repente, tinha lágrimas nos olhos. Nesse momento, ela entendeu.

Eles não conversaram a respeito. Meu pai lutava em silêncio consigo mesmo. Ele não empreendeu quaisquer tentativas de explicação. Ele não arquitetou nenhuma tentativa de escapar daquela situação — até a peregrinação para Lourdes.

Foi em 1998, com Maria, a mais velha de suas três irmãs, que todos chamam de Mile, com Erich, o mais jovem irmão vivo, e Waltraud, a cunhada. Meu pai, que nunca tinha saído de férias com a mulher e os filhos supostamente porque havia visto o mundo durante a guerra, lançou-se numa viagem relativamente longa na frágil esperança de um milagre.

Lá as pessoas ficam de pé, abrem um sorriso vazio, oram à noite e — como se as orações noturnas não tivessem validade — voltam a orar logo na manhã seguinte de novo.

Mile, que naquela época já estava fraca das pernas, lhe disse:

"Você pode caminhar por mim, eu penso por você."

Terrível é, principalmente, aquilo que foge à nossa compreensão. Por isso, a situação melhorou quando passaram a abundar os sinais de que papai sofria bem mais do que de apenas esquecimento e falta de motivação. Não dava mais para justificar com sua distração o fato de que situações corriqueiras se tornavam problemas insolúveis, era impossível continuar se enganando. De manhã cedo, ele não colocava toda a roupa, se vestia errado ou quatro vezes, na hora do almoço colocava a pizza congelada ainda na embalagem dentro do fogão e guardava as meias na geladeira. Mesmo nos dando conta apenas aos poucos da dimensão do susto, em algum momento ficou claro que ele não estava desleixado, mas sofria de demência.

Durante anos esse pensamento não havia sido aventado nem uma vez, a imagem que eu tinha de meu pai impedia essa hipótese. Pode parecer absurdo, mas eu simplesmente não acreditava que ele pudesse ser acometido por isso!

O conhecimento do verdadeiro estado das coisas foi um alívio para todos. Agora havia uma explicação que podíamos aceitar para o caos dos anos passados, não nos sentíamos mais tão abalados. Mas era amargo saber que tínhamos desperdiçado tempo demais lutando contra um fantasma — tempo que deveríamos ter usado de maneira mil vezes mais sensata. Se fôssemos mais inteligentes, atentos e interessados, teríamos poupado não apenas papai de muitas coisas, mas a nós mesmos. E, principalmente, poderíamos ter cuidado melhor dele e feito algumas perguntas a tempo.

O início da doença marcou uma época terrível, um desastre total. Além disso, foi a época das grandes perdas.

Isso se refere tanto à memória que meu pai tinha da própria vida quanto ao sumiço concreto de coisas que lhe eram importantes. Sua bicicleta dos anos 1950: três marchas, guidão com ajuste, selim de couro com molas barulhentas. Durante décadas papai usou essa bicicleta para ir ao trabalho, na secretaria do município, inclusive com neve e gelo, onde ele começara há 26 anos como escrivão — perdida. A fotografia em meio-busto, tirada logo após a guerra, um jovem com um pouco mais de 40kg — perdida. Papai carregara aquele retrato durante quase sessenta anos em sua carteira, junto com uma fotografia de sua mãe. Coisas de valor sentimental.

Contei sobre a foto a uma amiga, Adrian, e de como ela me impressionava. Descrevi-a, meu pai com dezenove anos recém-completados, poucos dias após sua saída de um hospital russo. Ele havia superado uma disenteria bacteriana, mais por conta do acaso do que por cuidados, passara semanas à beira da morte, em meio a uma miséria inimaginável. Ele gostava de mostrar essa foto — cabelos bem curtos, traços muito marcantes, algo de especial na expressão, difícil de definir; os olhos escuros, faiscantes, exerciam certo magnetismo e denotavam uma clareza, mas, ao mesmo tempo, estavam assustados. Não era uma foto da qual se achava graça que alguém a levasse na carteira no lugar de uma fotografia da mulher e dos filhos.

Quando parti para Wolfurt, Adrian me aconselhou a fazer uma cópia, ela se espantava que eu já não tivesse tomado essa providência. Foi em 2004. Vindo de Berlim, à tarde fui para casa. E como durante esse período do dia papai ficava no jardim de Peter e Ursula assistindo às netas brincarem, revirei todos seus casacos e calças, vasculhei as gavetas e os armários, exatamente como há dezenas de anos, quando eu era criança e ficava bisbilhotando pela casa. Dessa vez, bisbilhotei em vão. Liguei para Helga, perguntei se ela sabia algo sobre o paradeiro da carteira de papai. Ela disse que a carteira não existia mais, fazia muito tempo que ele tinha perdido. Ainda me lembro de como fiquei decepcionado, irritado, irritado comigo, irritado com nós todos, porque não agimos quando ainda havia tempo.

À noite, falei da foto com papai. Ele começou com uma história sem pé nem cabeça de que tinha estado no Egito e na Grécia, onde sua calça fora roubada.

"Como? O quê? Quando?", perguntei, atônito, e subitamente ficou claro que não apenas uma fotografia tinha ido para a lixeira, mas também o conhecimento que papai tinha sobre seu passado.

"Papai, você foi ao Egito?"

"Claro que não fui por vontade própria, mas através do programa de evacuação de crianças na época da guerra."

"E você gostou de lá?", perguntei, desconsolado.

"Foi um tédio", respondeu ele, dando de ombros. "Não vi nem fiz nada por lá. Lá eu era um incompetente, ignorante e indolente."

Como foi sua infância, papai?
Hum. Boa. Inofensiva. O que tínhamos era quase primitivo, tanto no tipo quanto na quantidade e no seu efeito.
Você pensa bastante nela?
Consigo me lembrar de umas coisas, mas não de tudo. Acho que me afastei de tudo isso.
Do que você se lembra sobre o seu pai?
No momento, nada.
Mas você teve um pai, não é?
Sim, claro.
Então ele não foi uma pessoa especialmente importante na sua vida?
Sou obrigado a concordar. Ele teve muito poucos pensamentos importantes. Ele matutou muito pouco.
E sua mãe?
Minha mãe! Dela aprendi a simplicidade. Ela foi uma pessoa modesta, disposta a ajudar e simpática. Todos gostavam dela.

CRIANÇAS CHAMADAS AUGUST se tornaram raras. Esse nome, porém, foi muito útil a meu pai durante oito décadas e meia. Somente os colegas de escola abreviaram-no para *Gustl*, fora isso durante toda a vida ele foi dito por extenso, pelos pais, irmãos, mulher e colegas de trabalho: August.

Ele nasceu em 4 de julho de 1926, o terceiro de dez filhos. Seus pais eram camponeses e tinham uma pequena propriedade em Wolfurt, uma cidade no vale do Reno, no estado de Vorarlberg, na qual não há grandes proprietários por causa do direito de herança. Os pais dele possuíam três vacas, um pomar, uma terra de cultivo, uma área de prado, um pedaço de floresta, um direito de fabricação de 300l de aguardente e um apiário. Uma família com tantos filhos não conseguiria viver disso. Adolf Geiger, o Dätt, ajudava nas despesas como funcionário da recente indústria de energia. Ele passava de bicicleta pelos vilarejos da parte baixa do vale do Reno e lia os relógios de luz das casas.

Quando o Dätt furava o pneu ao passar por cima de um prego de ferradura perdido, ele colocava a bicicleta diante da casa para que um dos filhos, em geral August, remendasse o furo. Eu também simplesmente estacionava minha bicicleta diante da casa para que meu pai a consertasse. E assim como ele obedecia aos seus pais, era esperado que, mais tarde, seus próprios filhos obedecessem a ele. Seus filhos nasceram num outro mundo e achavam que sabiam o que era a vida e como deveriam vivê-la.

Dätt parece ter sido um bom calculista; fora isso, um homem normal e não muito robusto. Ele preferia dar ordens a trabalhar, porque todos na família eram mais habilidosos — e logo também se tornaram mais fortes que ele, que não queria fazer feio diante da mulher e dos filhos. Pelo mesmo motivo, Dätt nunca explicou como as coisas deviam ser feitas, apenas listava as tarefas. Dessa forma, evitava que alguém lhe dissesse como fazer melhor.

Todos os gestos de Dätt eram autoritários, sua mão pesada logo entrava em ação. Mesmo assim as crianças não tentavam fugir dele a todo momento. Quando as bobagens que Dätt falava se tornavam insuportáveis, ele era questionado (é o que dizem Mile e Paul).

Os filhos mais velhos consideravam Dätt um elemento perturbador e o evitavam. No trajeto para a missa dominical, caminhavam três minutos a sua frente ou às suas costas, mas nunca com ele. Por essa razão, ele se esforçava em estabelecer um melhor relacionamento com os filhos mais novos. Ele os tratava de maneira mais razoável, jogava um jogo tradicional de tabuleiro — "Lobo e galinha" — e os levava para longos passeios. Mas os ecos de suas bofetadas também soam nos relatos deles.

Certa vez, Dätt fez com que Emil, de quatorze anos, o carregasse como um cavalinho sobre o rio

Schwarzach. Isso foi em 1937. Descalçar os sapatos seria um esforço demasiado.

Ele lia muito. Mas assim como a distribuição de bofetadas, a leitura também não foi um comportamento transmitido aos filhos. As características da mãe foram mais absorvidas.

Mam teria sido mais inteligente que Dätt. Foi isso que meu pai disse quando ainda conseguia se conectar a tais fios de lembranças: uma mulher calorosa, simpática, magra, muito forte, com bíceps bem definidos. Seu pai era ferreiro em Wolfurt. Na juventude, antes de entrar em uma oficina de bordados, ela trabalhara como ajudante na ferraria, já que não tinha irmãos e porque o pai percebeu que era possível aproveitar uma garota tão esperta.

A ferraria fica às margens da floresta, no alto, atrás do castelo, com uma grande roda d'água. Antes e durante a Primeira Guerra Mundial, o caminhão de Dornbirn descarregava o material encomendado aos pés da Schlossgasse, e depois da escola as cinco filhas do ferreiro carregavam as longas estacas de ferro rua íngreme acima.

Mam era uma mulher calada, que antipatizava com qualquer tipo de escândalo e compreendia a vida como uma preparação para o céu. Seus filhos falavam dela apenas com grande respeito, talvez esse seja o motivo principal por não terem muito a contar sobre ela. Ela se sentia muitas vezes como uma empregada barata, dizia-se no vilarejo que Theresia Geiger era uma das três mulheres que mais trabalhavam ali, e poderia ter ficado na ferraria junto à bigorna, malhando o ferro. Havia o trabalho no campo, mais tantas crianças pequenas que tinham de ser cuidadas com fraldas de pano limpas — todas as noites ela ficava exausta de tanto esfregar as fraldas. Às vezes, durante o dia, ela se deitava sobre o canapé e pedia a um dos filhos que a acordasse dali a cinco minutos. Os filhos a deixavam dormir.

Quando partiam juntos para a colheita das frutas, Mam dizia antes do início do trabalho:

"Que Deus abençoe nosso trabalho."

Irene, a irmã mais nova de papai, ainda hoje pensa nisso quando vai ao campo.

Durante quase duas décadas, havia uma grande caixa de frutas em meio ao campo com uma criança pequena dentro dela. Os filhos aprendiam a andar em caixas de frutas. As caixas eram gravadas com as iniciais de Dätt, A.G. O ferro de marcar tinha sido feito pelo sogro, o ferreiro. Ferros de marcar eram tidos como sua especialidade: letras e sinais. Ele os vendia até para a Hungria e Paris, mas apesar disso continuou pobre naquele alto da encosta junto ao castelo, de onde é possível enxergar Appenzell e, para além do lago Constança, Lindau. Se o tempo estiver bom, até Friedrichshafen.

Theresia Geiger dizia aos filhos:

"Não cheguem tarde em casa. Mas se chegarem tarde, por favor façam silêncio para não me acordar."

O transcorrer dos dias era sempre o mesmo, quase não havia mudanças. Cedinho, os filhos eram acordados pelo marido, várias vezes, até que todos estivessem despertos. Muitas vezes as crianças tinham de correr até a escola, porque estavam em cima da hora. Os calçados eram ruins, no inverno a neve ficava colada nas solas de madeira, era preciso bater os saltos várias vezes. Os sapatos de inverno enfrentavam a neve, que muitas vezes caía perto do Dia de são Nicolau e permanecia até o início da primavera.

No café da manhã, as crianças recebiam um prato de sopa de leite quente e *Riebel*, uma espécie de farofa de milho, para misturar. Só Mam e Dätt tomavam café. Só Dätt comia mel, exceto aos domingos, quando era liberado para todos. Depois da refeição, orava-se para as pobres almas.

Os filhos não eram educados com rigidez, mas *mantidos com rigidez*, era assim que se dizia. As vacas também não eram pastoreadas, mas *mantidas*. Manter as vacas era tarefa dos filhos, manter os filhos era tarefa dos pais.

Para os padrões contemporâneos, as crianças eram malnutridas. Elas quase não comiam verduras, e havia pouca carne, muito leite, pão e banha. A primeira fruta do ano era muito aguardada, acontecia até de um dos filhos acordar às cinco da manhã e se esgueirar para fora, só para verificar se as primeiras peras tinham caído. As crianças montavam ninhos com aquilo que tinham arranjado, para não ter de dividir o que encontravam com os irmãos.

Comparadas aos parâmetros da época, as privações dessa infância não eram exageradas. O fato de o afeto e atenção por parte dos pais serem bens raros pesava bem mais. Por causa do grande número de filhos, a demanda era muito superior à oferta. Tudo tinha de ser dividido muitas vezes.

Tão logo uma criança conseguisse segurar uma ferramenta, ela começava a ajudar. Os pequenos se ocupavam dos ainda menores. O cavalo era emprestado do vizinho; era preciso espantar as moscas para que ele não debandasse. As crianças recebiam ordens para colher bolotas para os porcos no estábulo — Josef, o do meio entre os sete filhos, foi encontrado certa vez inconsciente debaixo de um carvalho, porque tinha caído da árvore. A grama cortada era revirada pelas crianças, que retiravam as plantas que não serviam de comida para o gado, talos e margaridinhas. Com um carrinho de mão, elas levavam as maçãs ao mercado de Bregenz. Mais tarde, Mam vinha de bicicleta. No caminho de casa, papai e Paul, um ano mais novo, faziam muitas palhaçadas, um e outro se revezavam dentro e fora do carrinho. Os sapatos de madeira com pregos faziam barulho na pavimentação. Naquela época, as ruas ainda eram das crianças.

A expressão "ser arreado para o trabalho" era entendida literalmente. Os garotos puxavam o carro de feno e eram zombados pelas meninas:

"Usando burros, dá para economizar nos cavalos!"

Havia trabalhos de meninos e de meninas. Os garotos tinham de ir ao estábulo, as meninas acordavam às cinco da manhã e, antes da escola, arrancavam o mato da terra.

Certa vez, uma tempestade devastou o milharal. As crianças passaram o dia inteiro ocupadas em aprumar as plantas, com arames e estacas. A família dependia do milho para o *Riebel* de todo dia.

Eram quase autossuficientes, exceto em relação ao pão, à farinha, ao açúcar e ao sal. Só se comprava o absolutamente imprescindível, o papel higiênico era cortado de jornais velhos, tiras da largura de uma mão: também essa era uma tarefa dos filhos. Uma das crianças se sentava à mesa da sala, fazendo cortes retos no papel.

O papel também era necessário para o aquecimento. Quase não se produzia lixo. Havia uma esterqueira, um porco e um forno.

Meu pai teria permanecido trabalhando de maneira autônoma por toda vida — fazia parte do espírito camponês que havia se impregnado nele —, para descontentamento da mulher e dos filhos, que cresciam num mundo de consumo e descarte. A capacidade de consertar e reutilizar, além da atitude herdada dos pais, de postergar a satisfação de necessidades ou nem sequer ter certas necessidades, são parte de uma cultura que está desaparecendo por aqui.

No porão da grande casa no vale do Reno havia um alambique. Em minha infância, sentava-me por lá ou sobre um balde virado ou um bloco de madeira, para assistir à destilação da aguardente. Eu amava o crepitar do fogo no forno e o chapinhar do fio de álcool que caía em grandes garrafas bojudas — o cheiro aromático da aguardente no ambiente superaquecido e os homens que recendiam a trabalho pesado. E do lado de fora, na cova, o bagaço sendo resfriado e as nuvens de vapor nos galhos da pereira nua por causa do inverno.

Para meu pai e seus irmãos, os dias da destilação da aguardente tinham o efeito colateral de produzir água quente. Ela era transferida a uma tina logo ao lado, na oficina, onde também ficava o galinheiro, protegido por uma tela. Cenas de faroeste italiano: o cheiro da bebida, o cacarejar das galinhas, os filhos dos camponeses nus na água quente — isso acontecia dez vezes ao ano. Nas outras ocasiões, todos se lavavam na cozinha, na única pia da casa.

Meu pai guardou uma delicada afeição pelo estilo de vida de sua infância. Mesmo mais tarde ele se lavava quase sempre na pia. Bem curvado sobre a cuba, bufando e gemendo alto, ele jogava água no rosto, que espirrava metros de distância. Metia um pano no fundo dos ouvidos com o indicador. Em seguida, sacudia tanto o dedo que só de assistir à operação dava para sentir dor.

Esse foi o pouco com que o acaso de um depoimento me presenteou — alguns talos esquecidos sobre o campo ceifado.

Em 1938 aconteceu a Anexação. A família fazia parte dos social-cristãos esclarecidos do vilarejo. Dätt e Mam não compreendiam o catolicismo como uma mera ocupação dominical. Além disso, a família não tinha interesses comerciais próprios que pudessem tirar proveito da nova situação política. Graças ao pequeno negócio rural e ao emprego de Dätt na florescente indústria energética, a família estava bastante protegida contra as crises.

"Armas são municiadas pelo demônio", Mam dissera. E Dätt, que era um sujeito teimoso, voltou a tratar o cunhado, o prefeito nazista, de "senhor".

A família não discutia política. Durante as refeições, todos estavam de boca cheia e, em seguida, não havia tempo para ficar à mesa, tudo era zás-trás — comida engolida, volta ao trabalho. Emil, o filho mais velho, foi incitado a finalmente ingressar na Juventude Hitlerista. Ele se negou, e disse que estava na Cruz Vermelha. Quando ameaçaram expulsá-lo da escola caso não mudasse de ideia, Dätt entrou na briga. O resultado foi que Emil pôde continuar na escola superior de economia, mas o auxílio que a família recebia por cada um dos oito filhos foi cortado. A família não enfrentou outras dificuldades, ao contrário dos vizinhos próximos, que foram expostos publicamente por um cartaz afixado nas casas: *Esta família é contra o povo alemão.*

Paul ainda se lembra que "família" estava escrito com "f" minúsculo.* Ele tinha onze ou doze anos e ficou parado algum tempo diante do cartaz, espantado com o erro de ortografia. A casa vizinha era habitada por um casal recém-casado. Na primavera de 2009, meu pai ficou com o antigo quarto da mulher no asilo, depois de ela ter morrido aos 94 anos. As biografias no vilarejo são assim, todas entrelaçadas.

No começo da guerra, papai e seus irmãos em idade escolar frequentavam o primário e o ginásio, tendo em vista o ingresso na universidade. Sua educação mais avançada vinha, de um lado, do respeito dos pais à formação como alternativa à pequena agricultura, que garantiria o sustento de, no máximo, um dos filhos. Do outro, da alegria pela competência dos herdeiros. Além disso, contava o fato de que crianças na escola conseguiam ajudar mais em casa do que as aprendizes de um ofício. Nada depunha contra a escola, exceto Robert, o terceiro filho mais jovem, que abandonou o ginásio porque ficou com medo de que tivesse de se tornar padre.

Em fevereiro de 1944, papai foi considerado apto ao serviço militar e alistado. Na época, um ginasiano de dezessete anos de origem camponesa, um coroinha perturbado em sua seriedade, com conhecimento restrito do mundo e pouca experiência de vida — *não é mais criança e ainda não é adulto, não é militar, mas também não é civil*, como Andrei Biéli chama esses alunos-soldados.

Ele foi transferido do batalhão de trabalho comunitário para o Exército em meados de 1944. O mesmo se passou com seus irmãos Emil, três anos mais velho, e Paul, um ano mais novo. Os que ficaram em casa necessariamente passaram a acompanhar os acontecimentos políticos com mais atenção, preocupados com os irmãos e filhos alistados, os garotos —quando se passavam semanas sem notícias, todos se perguntavam: será que aconteceu alguma coisa?

Emil teve sorte, pois logo foi parar numa prisão americana na África, passando o restante da guerra em Montana, como intérprete. Depois de algum tempo, ele mandou uma carta, e todos souberam que estava em segurança. Paul foi preso em 1945, na Itália, por neozelandeses. No campo em Bari, ganhou um dinheirinho extra com trabalhos manuais. Fabricando agulhas com arame de cerca, costurava gorros a partir das mangas de pulôveres para os colegas presos que sofriam debaixo do sol ou que queriam melhorar o visual. Muito tempo depois do fim da guerra ele ainda usava um gorro desses.

Como Paul estava apenas com dezessete anos no verão de 1945, ele voltou para casa. O retorno não estava anunciado; sem ser percebido por ninguém, ele primeiro foi ao estábulo das três vacas, daí à destilaria, onde o primo Rudolf fabricava aguardente. O primo Rudolf subiu a escada dos fundos até a cozinha na sua frente — lá estava Mam, que há poucos dias perdera seu décimo filho, um menino, horas após o parto. O cordão umbilical tinha se prendido ao redor do pescoço do bebê.

O primo Rudolf disse:

"Ei, Theres, tem um soldado aqui que está pedindo abrigo."

Ela hesitou, afinal a casa estava cheia mesmo com a ausência de três filhos. E foi aí que Paul saiu da sombra da porta e as lágrimas começaram a escorrer pelo rosto dela.

As perspectivas também eram boas para meu pai, no início. Durante o treinamento, ele conseguiu tirar duas licenças médicas devido a uma infecção persistente no antebraço direito. Mal a ferida se curara, ele se ofereceu a ir para casa e buscar aguardente para a festa de Natal do *batalhão*: duas semanas do período de Advento passadas em Wolfurt. Mas em fevereiro de 1945 ele foi transferido ao *front* leste, aos dezoito anos e sem habilitação, para ser motorista de veículos pesados. Ele se envolveu num sério acidente na Alta Silésia, porque uma carroça não saiu da sua frente numa estrada. A buzina estava quebrada, os freios não funcionaram por causa do gelo e o carro saiu da estrada, capotando várias vezes. Seu superior ameaçou levá-lo ao tribunal de guerra por sabotagem, mas ele replicou que não tinha habilitação nem poderia estar dirigindo.

Quando ficou evidente que tudo estava por um fio, ele fugiu com alguns austríacos, tentando chegar até os americanos. Parece que, por saudades de casa, o grupo tomou a direção errada — em vez de se dirigir a oeste, foi para o sul, atravessando a Boêmia, o caminho mais curto para casa e para os russos. Já em terras austríacas, em Kamptal, a rápida volta para casa havia gorado.

Mais tarde, quando dizia ter visto o mundo durante a guerra, ele não estava se referindo à guerra, mas ao período posterior. Na prisão, ele foi engajado no descarregamento do butim de guerra, mas só até encontrar na sopa um osso visivelmente podre e chupá-lo, tamanha sua fome. No dia seguinte, ele estava com disenteria, e, em poucos dias, chegou a pesar 40kg. Ele passou as quatro semanas seguintes num hospital improvisado na periferia de Bratislava, em condições desconhecidas por mim até pouco tempo. Essas quatro semanas nunca ficaram muito claras, seus relatos começavam quase sempre com o dia em que os soviéticos o soltaram, "porque eu não valia mais nada".

Juntamente com outros austríacos, ele foi levado por um soldado do Exército Vermelho que se encontrava junto ao rio Morava até a fronteira eslovaco-austríaca, em Hainburg.

"Sejam felizes, austríacos!", foram as palavras de despedida do soldado. Ainda hoje papai murmura essas palavras quando está distraído com seus pensamentos.

A volta para casa em Vorarlberg exigiu mais três semanas. Uma difícil maratona. Ele não tinha dinheiro nem os papéis necessários para atravessar da zona soviética à americana. Ele não queria tirar uma foto para um documento, pois a revelação demoraria quatorze dias. Assolado pela saudade, ele torcia por uma oportunidade de atravessar ilegalmente a fronteira.

Recusou as camas que lhe foram oferecidas porque sabia que estava com piolhos. Ele dormiu na canaleta de boliche de um restaurante e no feno em casas de camponeses.

Depois de seis dias de espera em Urfahr, alguns moradores de Vorarlberg ajudaram-no a se esconder debaixo do banco de um carro da Cruz Vermelha, e dessa maneira ele atravessou o Danúbio até chegar a Linz. Os americanos acabaram com seus piolhos.

Nessas circunstâncias ele tirou uma foto, porque havia em Linz um fotógrafo de revelação rápida. Assim nasceu a foto que meu pai carregou por quase sessenta anos na carteira, até que ela se perdeu poucos anos atrás.

Deixando Innsbruck, ele se deparou com algumas pessoas de Wolfurt no trem e pediu-lhes um pedaço de pão. Desembarcando em Lauterach, encontrou um primo, que não o reconheceu por causa de sua magreza e dos cabelos curtos. Esse primo acompanhou-o até a casa.

Consigo imaginar os sentimentos de papai depois da longa ausência; eu mesmo sou tomado por uma alegria quando, vindo de Viena, depois do túnel Arlberg, leio as placas *Langen, Wald, Dalaas, Bings, Bludenz*, como se fossem parte de um poema.

Papai voltou para casa na segunda semana de setembro, no dia 9, quando a luz já se tornava amarelada de novo e o terceiro feno tinha de ser recolhido antes do início da colheita de peras e de maçãs. E em outubro ele estava de volta aos bancos escolares, como se nada tivesse acontecido: passou a frequentar um curso intensivo na escola de comércio.

Ou será que ainda tinha mais alguma coisa?

O que ninguém sabia naquela época: o mundo não se abriria mais a esse jovem de dezenove anos, isso havia ficado para trás para sempre. No hospital, ele deve ter feito a promessa de passar a vida toda em casa, caso um dia voltasse para lá — um retorno longo e demorado. O plano de estudar eletrotécnica na universidade tinha sido descartado. Fatos modificam sentimentos.

Ainda me lembro das frequentes brigas durante minha infância, quando o assunto férias vinha à tona, e papai dizia, pela centésima vez, que Wolfurt já era bonita o bastante. Naquela época, esse tipo de frase parecia ser um disfarce muito transparente da indolência; em parte, podem sim ter sido desculpas, mas apenas em parte. Foi só muito tempo depois que compreendi que suas recusas eram motivadas por um trauma, que as coisas não têm um fim no coração e que o comportamento de papai na família era como tinha de ser. Todas as muitas precauções deveriam ajudá-lo a nunca mais se sentir ameaçado. Ele não queria sentir pela segunda vez a mesma saudade de casa.

É uma ironia curiosa o fato de ele, muitos anos mais tarde, querer ir quase todos os dias para casa — e isso porque se esquecia de que estava em casa.

Olhe lá, papai, é sua cerquinha de jardim, que você mesmo fez.

É verdade. Vou levar.

Mas você não pode levar a cerquinha!

Nada mais simples.

Mas não dá, papai!

Deixe eu mostrar para você.

Mas, papai! Alô! Alô! Não dá! Melhor me explicar como você quer ir para casa, já se você está em casa.

Não estou entendendo direito.

Você está em casa e quer ir para casa. Não dá para ir para casa quando já se está em casa.

É verdade.

E?

Estou muito menos interessado nisso do que você.

O FRACASSO SOCIAL DO COMEÇO já tinha ficado para trás e as lembranças desagradáveis perderam rapidamente a nitidez, pois agora tratávamos papai com mais cuidado; além disso, o dia a dia nos mantinha alertas com as novas surpresas constantes. Naquela época, olhávamos pouco para trás e muito para a frente, pois a doença nos confrontava com novos desafios o tempo todo. Éramos principiantes e tentávamos manter o domínio, certamente inseguro, sobre nossas vidas — com base em um conhecimento e em uma competência insuficientes.

Papai saía muito para caminhar, geralmente com meu irmão mais velho, Peter, que mora bem em frente e tem três filhas. Mas as excursões começaram a ultrapassar, com frequência cada vez maior, o percurso habitual, às vezes no meio da noite, sem estar devidamente vestido, seu olhar era de medo. Vez ou outra ninguém o encontrava porque ele tinha entrado sem querer num dos quartos das crianças e se deitado na cama, às vezes ele revirava os armários e se espantava que as calças de Werner não lhe servissem. Em determinado momento, escrevemos *August* na sua porta e trancamos os quartos próximos.

Não raro nós o encontrávamos com a cabeça sangrando ou ele voltava com os joelhos esfolados, resultado de um tombo, no caminho íngreme e por vezes coberto de musgo, colina abaixo até a casa de seus pais. Certa vez ele invadiu a casa dos pais e apareceu diante da cunhada, no primeiro andar, perguntando pelo irmão Erich. Ainda durante minha infância, era fácil abrir o trinco da porta passando o dedo indicador através de um buraco na madeira. Papai certamente experimentou isso várias vezes, sem saber que o mecanismo não funcionava mais assim. A falta de sucesso de suas tentativas deve tê-lo deixado completamente inseguro, fazendo com que ele se decidisse a arrombar a porta.

Minha irmã lembra que ele atendia a telefonemas o tempo todo, mas um minuto depois não sabia mais quem queria o quê. E, claro, eram sempre *os outros* que tiravam ou surrupiavam coisas. Perguntado a respeito, ele não sabia de nada e reagia com indignação quando o ligávamos ao sumiço de algo. Seu barbeador, que procuramos desesperadamente, reapareceu dentro do micro-ondas. Sua chave de casa, que ele perdia de tempos em tempos, deixamos de amarrá-la à calça, e mamãe passou a costurá-la nela. Ele, por sua vez, não se sentia confortável com isso e não parava de tentar arrancá-la.

Nasciam as ideias fixas. Ele se ocupava insistentemente de uma bétula que ficava próxima à casa, com certeza entortada pelo furacão Lothar. A pergunta se a bétula aguentaria a tempestade seguinte ou se cairia sobre a casa era feita dezenas de vezes, todos os dias — papai sempre se referia à árvore que não parava de crescer ou olhava para as nuvens que passavam.

Outro tema que dominava sua cabeça era o relógio de medição, observado com uma obsessão maníaca. Ainda hoje me volta o ruído seco do fecho magnético abrindo e se fechando. Quando a casa tiritava de frio nas manhãs de inverno, sabíamos que papai tinha mexido no termostato. A culpa? *Dos outros*, claro.

Dätt, o funcionário da companhia de luz, também era muito cioso da economia de energia. Ao chegar à mesa do café da manhã, se ele considerasse estar claro o suficiente, a luz era desligada com o comentário:

"A boca vocês conseguem encontrar."

São pequenas histórias.

As janelas, Dätt sempre cuidava para que as cortinas não ficassem fechadas, puxando-as sempre bem para o lado, a fim de permitir maior entrada de luz. Ele era muito econômico — a única característica que foi transferida, intacta, aos filhos.

Papai agora estava também o tempo todo preocupado com o consumo de energia. Por essa época, seu cérebro se parecia com um realejo, a mesma ladainha todos os dias.

Certo dia, porém, as ideias fixas desapareceram, a situação se tornou um pouco menos fantasmagórica, e ele começou a se tornar *criativo*.

Durante muito tempo tivemos de lidar com o esquecimento e com a perda de habilidades, agora a doença começava a mostrar novas facetas. Papai, que sempre fora um homem honesto, desenvolveu um talento excepcional para desculpas. Ele era mais rápido em encontrar uma evasiva do que para um rato entrar em um buraco. Sua maneira de falar se modificava e ele apresentava, de repente, uma elegância que eu jamais notara nele. Por fim, ele formulava uma lógica particular tão surpreendente que, a princípio, não sabíamos se devíamos rir, chorar ou nos espantar.

"Que dia lindo!", eu disse do lado de fora da casa, avistando o monte Gebhard e o mirante Känzele sobre o rio Bregenzer Ache.

Papai olhou ao redor, refletiu um pouco sobre o que eu dissera e retrucou:

"De casa, eu poderia prever o tempo com segurança; daqui, não. Longe de casa, isso ficou impossível para mim."

"Mas aqui é praticamente igual a lá embaixo", falei, espantado, pois nossa casa fica ao lado da casa de seus pais, a 50m de distância no alto da colina.

"Sim, exatamente, veja só o efeito de uma diferença dessas!"

Ele pensou um pouco e acrescentou:

"Além disso, não convém que vocês fiquem me metendo o tempo todo nas questões do tempo."

Seus novos talentos apareciam com maior clareza durante o estresse que se criava quando ele queria ir para casa. Acho que foi em 2004 que ele, de súbito, deixou de reconhecer a própria casa. Isso aconteceu de maneira tão assustadoramente rápida, tão chocantemente depressa, que não conseguíamos acreditar. Durante muito tempo, nos recusamos a aceitar que papai tivesse esquecido algo tão evidente quanto a própria casa.

Certo dia, minha irmã não queria mais ficar escutando seus pedidos e exigências. A cada cinco minutos ele dizia que estava sendo aguardado em casa, era impossível suportar. Para nós, naquela época, suas repetições infinitas superavam qualquer medida tolerável.

Helga saiu com ele para a rua e anunciou:

"Essa é sua casa!"

"Não, essa não é minha casa", ele retrucou.

"Então me diga onde você mora."

Ele disse a rua correta e o número.

Triunfante, Helga apontou a placa ao lado da porta de entrada e perguntou:

"Então o que é que está escrito aqui?"

Ele leu o endereço que havia recitado antes.

Helga perguntou:

"E o que concluímos disso?"

"Que alguém roubou a placa e aparafusou-a aqui", respondeu papai, secamente. Uma interpretação fantasiosa, mas que de modo algum deixava de ter coerência.

"Por que alguém roubaria a placa da nossa casa e a aparafusaria na sua casa?", perguntou Helga, indignada.

"Não sei. As pessoas são assim."

Essa conclusão veio com desgosto, mas ao mesmo tempo ele não mostrou o menor indício de dúvida sobre a improbabilidade de sua argumentação.

Numa outra ocasião, respondendo à minha pergunta sobre se não reconhecia seus próprios móveis:

"Sim, agora eu os reconheço!"

"Espero que sim", eu disse com um pouco de desdém. Mas ele me olhou, decepcionado, e falou:

"Ei, isso não é tão simples como você imagina. Outras pessoas também têm móveis desses. Nunca se sabe."

A resposta era tão incrivelmente lógica e convincente, à sua maneira, que fiquei realmente irritado. Isso não é possível! Por que estávamos tendo essa discussão, se ele era capaz de dizer algo assim? Eu podia esperar que alguém inteligente o bastante para tais nuanças conseguisse reconhecer a sua casa.

Ledo engano!

Em outras situações, ele era menos sagaz e observava com um cuidado exasperador todas as minúcias, até levantar uma suposição que os quartos tinham sido decorados de maneira a enganá-lo.

Isso me fazia lembrar do *thriller 36 horas*, com James Garner e Eve-Marie Saint, no qual James Garner faz o papel de um oficial do serviço secreto americano que dispõe de informações importantes sobre a invasão dos Aliados. Os nazistas fazem com que ele caia numa armadilha e o dopam. No dia seguinte, ao acordar, ele é informado de que está num hospital militar americano e que a guerra estava vencida há anos, e durante esse tempo ele sofrera uma perda de memória. O teatro está perfeitamente encenado, exceto por uma pequena ferida do tal oficial, ocasionada por um embate com os nazistas e que — apesar dos ditos anos passados — ainda não estava curada.

Ao longo dos anos, tais incoerências devem ter sido corriqueiras para meu pai. A desconfiança era uma constante em relação às explicações de seus familiares que soavam plausíveis. Sim: "Em casa é bem parecido com aqui — só um pouquinho diferente."

Muitas vezes ele se sentava sozinho na sala, suspirando. Eu sempre me assustava com seu ar frágil, abandonado. Ele tinha mudado, a expressão oprimida de seu rosto não falava mais sobre o desespero de ser esquecido, mas sobre a profunda solidão de um homem para quem todo o mundo se tornara estranho. Combinado com a convicção de que uma simples troca de lugar resolveria essa sensação de exílio, nascia um impasse do qual papai muitas vezes não conseguia se livrar durante dias.

Quando dizia que ia para casa, na verdade essa intenção não era dirigida contra o lugar de onde ele queria se afastar, mas contra a situação na qual ele se sentia um estranho e infeliz. Dessa maneira, a questão não era o lugar, mas a doença. E ele levava a doença para todos os cantos, até para a casa de seus pais. Essa casa ficava a um pulinho de distância, mas se mantinha um lugar inalcançável — não porque papai não pudesse chegar até lá com os próprios pés, mas porque uma estada na antiga casa dos pais não resultava naquilo que ele desejava. Com a doença, ele carregou nas solas dos pés a impossibilidade de se sentir acolhido. Enfermo como estava, não conseguia vislumbrar a influência da doença sobre sua percepção espacial. E, assim, sua família observava diariamente o que significa sentir saudades de casa.

Ele nos dava uma pena sem fim. Tudo o que queríamos era que ele recuperasse a sensação de estar em casa. De certa maneira, porém, isso significaria que a doença havia regredido, algo que pode acontecer num quadro de câncer, mas não de Alzheimer.

Apenas dois anos depois houve certo alívio, quando o ditado que diz que as coisas primeiro precisam piorar para só depois melhorar se confirmou novamente.

E foi só anos mais tarde que compreendi que o desejo de ir para casa contém algo demasiadamente humano. Papai realizava espontaneamente aquilo que a humanidade havia realizado: como remédio para uma vida assustadora, incompreensível, ele tinha determinado um lugar no qual o acolhimento seria possível, quando o alcançasse. Esse lugar de consolação era chamado por papai de *casa*; o crente o chama de *reino dos céus*.

Na nossa casa vivem pessoas que nos são conhecidas e que falam uma língua compreensível. Aquilo que Ovídio escreveu no exílio — que lar é onde compreendemos nossa língua — valia para papai num sentido não menos existencial. Como suas tentativas de acompanhar as conversas fracassavam cada vez mais e a leitura de rostos também não dava bons resultados, ele se sentia no exílio. Os falantes, mesmo seus irmãos e filhos, eram estranhos para ele, porque aquilo que diziam gerava confusão e falta de amparo. A conclusão que nascia disso — de que era impossível sua casa ser *aqui* — era evidente. E também era totalmente lógico que papai desejasse ir para casa, convencido de que lá a vida seria como antes.

"Eu lavei minhas mãos aqui", disse papai certa vez. "Era permitido?"

"Sim, é sua casa e sua pia."

Ele me olhou espantado, sorriu constrangido e disse: "Meu Deus, espero que eu não me esqueça disso de novo!"

Isso é demência. Ou melhor: isso é a vida — o material do qual a vida é feita.

Alzheimer é uma doença que, como qualquer estado significativo, também traz afirmações que extrapolam seu escopo. Características humanas e situações sociais são refletidas por essa doença como se estivessem sendo vistas através de uma lente de aumento. Para todos nós, o mundo é desconcertante, e quando o observamos com serenidade, nota-se uma diferença entre uma pessoa doente e uma sã, principalmente em relação à capacidade de disfarçar na superfície aquilo que é perturbador. Por baixo disso, reina o caos.

A ordem mental é, mesmo para alguém razoavelmente saudável, apenas uma ficção do entendimento.

Para nós, saudáveis, a doença de Alzheimer abre os olhos à complexidade das habilidades que são necessárias para dominarmos nosso cotidiano. Ao mesmo tempo, Alzheimer é um símbolo do estado de nossa sociedade. A visão geral foi perdida, o conhecimento disponível não é mais visualizado por completo, inovações contínuas geram problemas de orientação e medos quanto ao futuro. Falar de Alzheimer significa falar da doença do século. Por acaso, a trajetória de papai é sintomática para essa evolução. Sua vida começou num tempo em que havia inúmeros pilares seguros (família, religião, estruturas de poder, ideologias, papéis de gênero, pátria) e desaguou na doença quando a sociedade ocidental já se encontrava em meio aos *escombros desses pilares*.

Saber disso, clareza que fui ganhando ao longo dos anos, tornou mais natural eu me sentir cada vez mais solidário com papai.

Naquela época, porém, ainda não era assim. Sou um homem de raciocínios lentos. Continuei a me comportar de maneira desajeitada porque não queria parar de acreditar que, com insistência, conseguiria manter acesa a ligação de papai com a realidade.

Quando ele dizia que sua mãe o aguardava, eu lhe fazia uma pergunta inocente:

"Quantos anos tem sua mãe?"

"Hum, uns oitenta."

"E qual a sua idade?"

"Bem, nasci em 1926, então tenho..."

"Quase oitenta também."

"Hum, já sei, já sei..."

"Sua mãe morreu", eu dizia consternado.

Ele pressionava os lábios, assentia várias vezes com a cabeça, devagar, e retrucava com uma expressão absolutamente meditativa:

"Eu *quase* temia isso."

Dessa maneira, lutei durante um tempo pela manutenção da saudável razão humana. Mas depois de ter experimentado suficientemente a inutilidade de tais tentativas, dei a batalha por perdida, e, mais uma vez, ficou provado que aquele que desiste também pode vencer. Morto ou vivo? Quem se importa, não faz diferença. À medida que eu aceitava que papai tornava os mortos um pouquinho mais vivos, fazendo com que a morte se aproximasse um pouquinho mais de si próprio, consegui penetrar mais profundamente em seu sofrimento.

Todos nós partimos para outra vida, e mesmo que essa outra vida deixasse a mim e meus irmãos muito inseguros, passamos a ter alguma participação e um interesse crescente em relação ao destino designado a papai. Depois de eu ter passado anos sem ter a mínima curiosidade em saber o que ele fazia entre jogar paciência e assistir à televisão, fui tomado por um novo interesse, também porque notei que estava prestes a aprender algo sobre minha própria pessoa — mas eu não tinha a menor ideia do quê.

A convivência diária com papai deixara de simplesmente me exaurir, passou a me levar cada vez mais a um estado de inspiração. A carga psíquica continuava enorme, mas percebi uma mudança dos meus sentimentos em relação a papai. Sua personalidade parecia ter se rearranjado, era como se ele tivesse voltado a ser o velho, só um pouco mudado. E eu também mudei. A doença mexeu com todos nós.

Qual o seu lugar favorito, papai?

É difícil dizer. Mas acho que meu lugar favorito é a rua.

O que você faz na rua?

Dou um passeio. Uma corridinha. Mas não estou bem-equipado. Meus sapatos não têm a cobertura necessária.

Quer dizer que o que você mais gosta é de ficar na rua, embora só consiga andar bem devagar?

Sim. Sabe, aqui dentro...

Você não gosta daqui de dentro?

O que eu vou ficar fazendo aqui? Sei que a rua nem sempre é o certo, mas ainda é o mais agradável, quando está seca. Lá eu posso ao menos olhar ao redor, me distrair um pouco, isso não machuca ninguém.

A DOENÇA AVANÇAVA MUITO lentamente, mas nem por isso menos avassaladora. Papai não estava mais em condições de viver sozinho o dia a dia de maneira segura. Sem o cuidado de outros, ele estaria perdido. Sua mulher e seus filhos tinham se mudado da casa em Oberfeld, e por isso ele recebia suas refeições por meio de um serviço de entregas. Logo em seguida, a perda de outras habilidades exigiram a contratação de uma empresa especializada, por algumas horas durante o dia. Na prática, isso queria dizer que pela manhã vinha alguém que o ajudava a se aprontar para o dia, e à noite alguém que o colocava na cama. Era uma bênção ele gostar de dormir e dormir bastante, embora não estivesse claro se ele permanecia doze horas imerso num sono profundo ou só ficava na cama porque gostava da sensação de calor — esse garoto camponês de outrora, cujo quarto da infância era tão frio no inverno que o vapor condensado escorria pelas paredes. Quando as mulheres de uma dessas empresas, as enfermeiras domiciliares, ou Ursula, mulher de Peter, entravam em seu quarto, por volta das nove horas da manhã, ele geralmente ainda estava bem enrolado em sua coberta, embora as luzes tivessem sido apagadas por volta das nove da noite. E já nessa época estava claro que não gostava de receber ordens de mulheres pequenas que tivessem a voz doce.

Durante o dia, papai ficava quase o tempo todo na casa de Peter e Ursula, no jardim, esperando por companhia, de preferência das netas. A longo prazo, isso não era uma solução, porque papai não sabia mais dosar a frequência e a duração de suas visitas. Dessa maneira, procuramos por um acompanhamento para ele durante algumas horas da tarde. Liliane, uma vizinha com quem sabíamos que ele estaria em boas mãos, jogava jogos de tabuleiro com ele, levava-o para passear e em pequenas excursões. Um ou dois dias por semana ele passava o dia no asilo de idosos, para onde era levado geralmente por Ursula. Foi uma boa época, todos se sentiam satisfeitos com os arranjos.

Helga assumia os fins de semana e Werner se ocupava da casa e do jardim. Mamãe e eu vínhamos de tempos em tempos de Viena para passar alguns dias ou semanas. Dormíamos na casa e assumíamos tudo, de modo que os outros estavam liberados durante esse período. Cada um lidava com a nova situação a sua maneira, sem precisar entrar em desespero, cada um com o que fazia de melhor — Deus sabe, todos tínhamos sei lá quantas outras coisas a fazer e o desejo de que nossas vidas fossem um pouco mais simples era constante. Apesar da divisão de trabalho, a tarefa foi pesada desde o início.

Ainda assim, o sentimento de pertencimento se fortaleceu dentro da família. A doença de papai impediu que a família se desmantelasse. Nós, irmãos, estávamos novamente no mesmo barco, mesmo que cada um num lugar diferente.

Nessa época aconteceu de eu fazer sucesso como escritor, foi tudo muito de repente. Era como se o sucesso tivesse descido pela chaminé. Até então, eu era um autor elogiado, embora não lido. Passei a receber muito assédio e convites para o mundo todo. Isso tinha suas vantagens, mas cobrava um investimento de tempo numa área da vida que antes não me exigia nada de tempo. Não tinha imaginado que o sucesso demandasse tanto, mas achei que era o momento errado para desistir. *Temos de colher o feno quando o tempo está bom*, meu pai talvez tivesse dito. Mas essas coisas não o atingiam mais. Sucesso? Fracasso? Quem se interessa?

Depois de terminar a faculdade, quando disse a papai que queria me tornar escritor, ele me encarou, sorriu e disse:

"O dedo no nariz também faz poesia."

Lembro-me claramente de onde estávamos nesse momento: na oficina de papai diante da prateleira com suas tintas e seus esmaltes. Papai tinha a capacidade de dizer tais coisas de uma maneira que eu não conseguia ficar bravo de verdade com ele. Ele me comunicou, com uma piscadela, que eu podia fazer o que quisesse, que tinha sua bênção — mas, na sua opinião, não era uma boa escolha.

Passei a primavera de 2006 quase toda fazendo leituras públicas. Viajava nos fins de semana para Wolfurt tantas vezes quanto acreditava poder justificar à minha companheira; fiquei bem atrapalhado. Muitas vezes me sentia dividido entre relacionamento amoroso, família e profissão, às vezes achava um desses um fardo, às vezes outro. Eu não estava acostumado a um estilo de vida tão nômade nem sabia gerenciar meu tempo de maneira tão sistemática, e assumir responsabilidades também não era uma dos meus pontos fortes. Sempre me considerei uma pessoa distraída, que não abre mão de fazer o que lhe dá na telha. E daí? *Estamos sempre dando uma forma a nossa vida, a vida está sempre destruindo essa forma.*

Finalmente, no início do verão de 2006, tinha cumprido a maioria das obrigações profissionais. Desmontei minha bicicleta e juntei-a à minha bagagem no carro de mamãe. Passei por Munique e cheguei a Wolfurt depois de pouco mais de seis horas, com uma leve dor de cabeça. Isso foi um dia antes do aniversário de oitenta anos de papai.

Vesti a roupa de trabalho, e pelo cheiro percebia-se que tinha ficado jogada às traças por tempo demais, pulei a janela e fui colher morangos silvestres e framboesas na pequena colina atrás do quintal. Colhi cerejas e, em seguida, acabei de me instalar na casa. Quando vi papai no começo da noite, ele disse:

"Ah, você apareceu para ver se eu ainda estou vivo."

Ele ainda tinha a aparência de um homem muito robusto. As pessoas que o encontravam na rua não imaginavam que havia algo de errado com ele. Papai sorria radiante para todos, sem distinção, e se defendia com pequenos gracejos e breves trocas de palavras, de modo que as pessoas afirmavam que ele as reconhecia *sempre*, que continuava o mesmo bonachão de antes. Suas fraquezas só se tornavam visíveis quando a conversa chegava a um ponto que exigisse um pouco mais de raciocínio lógico e uma ideia geral do todo.

Papai estava sentado no muro diante da casa, sobre o qual ele havia estendido antes seu lenço de tecido, olhando para a rua sossegada. Paciente, ele esperava que algo acontecesse. O quê? Suas expectativas eram modestas. Se um carro passasse, ele acenava. Se uma mulher passasse pedalando uma bicicleta, dizia:

"Bom dia, bela senhora."

Tudo absolutamente insuspeito.

Os sinos da igreja do vilarejo, que ficava próxima, bateram a hora. Mamãe se aproximou, viu que papai tinha alguns grissinis no bolso esquerdo da calça, e disse que não era muito esperto da parte dele, pois seus bolsos se encheriam de migalhas. Ele retrucou:

"Preciso delas para me barbear."

"Não dá para se barbear com isso, August."
Ele pensou um pouco e disse.
"Depois vou plantá-las no jardim, elas vão brotar e algo bonito vai nascer."
Isso já era um pouco suspeito.
Ele se levantou e depois de ter recolhido e dobrado seu lenço, cheio de pompa e circunstância, foi até a varanda nos fundos da casa. Segui-o. Ficamos em silêncio, olhando para oeste na direção do lago Constança, onde o sol se punha lentamente, como se o dia não quisesse terminar. No alto da montanha, sobre a igreja, havia nuvens esparsas, o céu estava azul ao redor. Escutamos o farfalhar suave do vento nas folhas de bétula e o ruído ao longe da A14, a estrada do vale do Reno.

O pomar atrás da casa dos meus avós, para o qual olhávamos lá embaixo, estava muito verde, as árvores frutíferas e o apiário quase não tinham se modificado desde a infância de nós dois.

"Amanhã você fará oitenta anos", eu lhe disse.

"Eu?", ele perguntou.

"Sim, você. Você fará oitenta anos, papai."

"Eu, certamente, não", ele disse rindo e indignado. Ele me encarou: "Você, talvez."

"Farei 38, papai, mas você completará oitenta amanhã."

"Eu, certamente, não", ele repetiu achando graça. "Mas você, talvez."

Continuamos assim por algum tempo, até que lhe perguntei como era a sensação de ter oitenta anos. Daí ele disse:

"Puxa, não consigo afirmar que seja algo especial."

Duas horas mais tarde, depois de eu ter colhido framboesas mais uma vez, coloquei-o para dormir e também abaixei minhas armas — quase desmaiei na cama de tão exausto dos dias anteriores e da longa viagem de carro.

Pela manhã, cumprimentei papai pelo jubileu. Ele aceitou os parabéns de bom grado e disse obrigado. Quando ele estava sentado de cuecas na beirada da cama, eu lhe contei que seu pai não vivia mais nessa idade; ele me olhou espantado e depois deu um sorriso débil. Mas não entendi o significado do sorriso. Ao dizer a ele que iríamos festejar a data na casa da paróquia, ele quis saber em qual casa da paróquia.

"Na casa da paróquia de Wolfurt", eu disse.

Ele disse:

"Sempre gostei de estar em Wolfurt e me dou bem com todos que conheço aqui."

O dia transcorreu muito tranquilo, era uma terça-feira, a festa de aniversário estava marcada para sexta. Lembro-me que mamãe tinha feito uma torta de frutas e que uma vizinha trouxera um cartão, dizendo que sem o sorriso de August, a nossa rua, Oberfeldgasse, perdia metade de sua beleza. Fiquei contente, pois ainda não tinha consciência de quão íntegro se mantinha seu caráter. Naquela época, achava que a doença já havia atacado intensamente a sua personalidade.

À noite, vieram Helga e Werner. Jantamos na cozinha e bebemos vinho. Werner e eu assistimos a uma semifinal da Copa do Mundo de futebol. Papai também estava sentado conosco, mas o jogo — entre a Alemanha e a Itália —, de muita tensão tática e poucos lances emocionantes, não conseguia impressioná-lo. Papai perguntava repetidas vezes:

"Quem está jogando? Wolfurt contra?"

"Kennelbach", eu repetia.

Papai assentia, como se ele mesmo pudesse ter chegado a essa resposta, e dizia rabugento:

"É assim mesmo que eles jogam!"

Quando Fabio Grosso marcou 1 a 0, papai disse:

"Ei, mas esse não é do Wolfurt."

Werner e eu tivemos um ataque de riso. Para nós, esses momentos foram realmente o ponto alto do jogo. A partida em si podia ser esquecida sem mais.

Também me lembro bem de seu aniversário de cinquenta anos. Naquela época, eu estava com oito. Werner e eu dividíamos um quarto, e da janela observávamos os convidados na varanda, festejando. Era o mesmo dia em que, há trinta anos, papai tinha parado de fumar.

Houve queima de fogos de artifício em Bregenz, pois em 4 de julho de 1976 a independência americana comemorava duzentos anos. Alguns americanos que moravam na região aumentaram o brilho da festa com seus rojões; para nossos olhos de criança, eles eram dedicados a papai.

Seus colegas jovens caíram na piscina pulando pela janela com um salto acrobático.

Em sua festa de aniversário de oitenta anos, ele desejava a todos na longa fila de cumprimentos "Tudo de bom, felicidades e saúde", segurando com ambas as mãos as que lhe eram estendidas. Ele passou uma impressão vivaz, estava claramente apreciando o evento e não se parecia com um homem cumprindo um simples roteiro obrigatório da felicidade. O prefeito, que tinha sido apresentado aos negócios pelo pai em seu último ano de atividade profissional, pediu que ele falasse menos e cantasse mais, arrancando dele algumas risadas.

Meus irmãos prepararam uma apresentação em *powerpoint*, com instantâneos de sua longa vida. Eu estava sentado à mesa juntamente com outros irmãos de papai, de modo que não percebi o impacto das fotografias sobre ele. Os "ahs" e "ohs" dos convidados parece que o contagiaram. Somente quando seu avô, o ferreiro, foi mostrado com seu grande avental de couro e um martelo pesado sobre o ombro, ele falou sobre suas fraquezas no seu estilo habitual:

"Não sirvo mais para nada — ser comandante mais uma vez — tanto faz — não vai mudar o mundo."

A parede branca estampava fotos de família do início dos anos 1950, Adolf e Theresia Geiger, circundados pelos nove filhos que ainda moravam em casa, pouco antes de Emma, uma das três filhas, morrer de apendicite. Era surpreendente como os avós já pareciam idosos naquela época, visualmente no limiar da velhice, embora vovó ainda fosse viver mais quarenta anos, com a aparência quase igual: uma mulher pequena, consumida pelo trabalho, de cabelos grisalhos e rugas profundas no rosto.

Exceto por um dos filhos, todos os sobreviventes dessa família estavam reunidos, pessoas de uma época passada, filhos de camponeses — que apontavam os lápis na soleira do porão, porque a soleira era de arenito, ótimo para afiar —, representantes desse clã especial, absurdamente inventivos e absurdamente competentes para enfrentar a vida, com fantasias mais práticas do que visionárias. Faltava apenas Josef, o único que se descolou do magnetismo familiar e se atreveu a sair para o mundo. No final dos anos 1950 ele emigrou para os Estados Unidos e por lá realizou o sonho americano, ao inventar o abridor de latas elétrico.

Perguntei a seus irmãos se, por acaso, alguém teria uma cópia daquela foto de meu pai pouco depois de sua libertação da prisão de guerra. Todos sabiam imediatamente a que foto eu me referia, e todos balançaram a cabeça grisalha ao mesmo tempo. Mille, que já tinha passado dos oitenta, disse que eram outros tempos, naquela época não era comum se fazer tantas cópias de fotos quanto se quisesse.

Paul contou de seu próprio regresso da guerra e que ele topara com uma imagem desoladora, pois pouco antes uma tempestade de raios tinha passado sobre o pomar, as árvores tinham caído umas sobre as outras nos campos, a maior parte dos homens aptos ao trabalho não estava presente por causa da guerra, o mato tomava conta de todos os lugares, as mulheres sentiam-se completamente sobrecarregadas com o trabalho no estábulo e na casa. Robert, que no fim da guerra estava com nove anos, disse que estava trabalhando no campo, quando o tempo fechou com uma rapidez incrível e ele se agarrou a uma árvore e sentiu como o granizo batia em suas pernas. O monte de feno, que os irmãos queriam trazer rapidamente para casa, quase tombou perto do forno a cal. E como as frutas tinham sido derrubadas pelo granizo, algumas árvores começaram a florescer no outono.

Meu pai tinha se esquecido de tudo isso, e não lhe doía mais. Todas suas lembranças tinham sido gravadas no caráter, e o caráter não mudara. As experiências que o moldaram continuavam a ter seus efeitos.

No verão daquele ano passei algumas semanas na casa dos meus pais, assim como em todos os verões anteriores. Dava para sentir quanto a distância entre papai e eu — que tinha aumentado desde minha juventude — diminuía novamente, e a perda de contato provocada pela doença, que eu tanto temia, também não aconteceu. Em vez disso, refizemos nossa amizade com uma descontração que agradecíamos à doença e ao esquecimento — nesse sentido, o esquecimento era bem-vindo para mim. Todos os conflitos de antes ficaram para trás. Pensei que uma oportunidade dessas era única.

Katharina, minha companheira, que nessa época morava em Innsbruck, também passou alguns dias em Wolfurt. Um dia, convencemos papai a dar um passeio. Ele nos acompanhou sem muita vontade e querendo voltar o tempo todo, embora não tivéssemos nos afastado muito.

Meu pai estava me irritando um pouco, pois era uma noite bonita e eu gostaria de ter ido com ele até o rio.

Quando entramos novamente na trilha e foi possível avistar o vilarejo lá embaixo, pude enxergar o alívio em papai: ele estava feliz e elogiava a vista.

"Você já passeou por aqui muitas vezes?", ele perguntou. "Algumas pessoas vêm apenas para apreciar a vista."

Achei a pergunta estranha e respondi:
"Não venho até aqui pela vista, eu cresci aqui."

Isso pareceu surpreendê-lo, ele fez uma careta e disse:

"Ah, bem..."

Daí lhe perguntei:

"Papai, será que você sabe quem eu sou?"

A pergunta o constrangeu, ele se voltou para Katharina e disse em tom de troça, com um movimento da mão em minha direção:

"Como se fosse muito interessante."

Papai, qual foi a época mais feliz da sua vida?
Quando as crianças eram pequenas.
Você e seus irmãos?
Não, os meus filhos.

A DESVALORIZAÇÃO DAS convenções religiosas e burguesas pelo nazismo levou indiretamente, depois da guerra, a uma supervalorização dessas mesmas convenções. Paul diz que, depois da guerra, eles viviam numa situação social tão árida quanto a lua — religiosidade, retidão moral e decoro e nada além de trabalho. Para os jovens, a situação era desoladora. Meu pai, com seus desejos despretensiosos, não deve ter achado tudo tão opressivo assim; em seu modo de ver as coisas, tínhamos de nos esforçar mais para evitar a dor do que para conquistar alegrias. De volta a Wolfurt, ele conseguiu concretizar sua expectativa de uma vida de verdade e, ao mesmo tempo, recuperar a sensação de segurança e de estabilidade. Não queria saber de surpresas nem de oportunidades, pois para se lançar às oportunidades que o mundo oferecia é preciso confiança, e se papai chegou, um dia, a ter alguma confiança antes da guerra, ela lhe foi confiscada. *Experiência resulta em cicatrizes.*

Sua necessidade de uma vida tranquila e sossegada guiou-o ao abrigo de uma existência como funcionário público e à proteção de diversas agremiações locais. Ele era membro fundador do clube de futebol, no qual jogava como ponta-direita. Dirigia o grupo de teatro e encenou *Lumpazivagabundus*, de Nestroy. Cantava no coro da igreja, onde as mulheres eram maioria. Mas ele encarava as mulheres basicamente como fenômenos exóticos, nos quais não tinha interesse. Não há notícias de qualquer rabo de saia na década seguinte de sua vida, exceto a da saia de sua mãe.

Talvez ele não tivesse necessidade de comprovar sua masculinidade, talvez valorizasse sua independência. Permitir um beijo para as moças daquela época tinha um significado muito diferente do de hoje.

Depois de alguns anos na administração estadual de Vorarlberg, onde era o encarregado da seção de racionamento de combustível, em 1952 ele se tornou escrevente municipal em Wolfurt. *Escrevente* era para ser compreendido de maneira literal, pois até meados dos anos 1960 não havia secretária na prefeitura. O escritório de papai ficava no térreo da escola, numa antiga sala de aula, uma sala imensa, grande demais, com móveis antiquíssimos, sem cortinas. No verão, ele ficava sentado lá metido em calças de couro, calçando sandálias, que ele chamava de *Kneiper*. A máquina de escrever era operada com dois dedos e o som das batidas ecoava na sala de aula grande e vazia. Quando trabalhava de janela aberta, a datilografia podia ser ouvida até na rua. Daí se dizia:

"August está catando milho."

Havia uma professora vinda do estado de Burgenland para o de Vorarlberg chamada *Terusch*. Ele gostara dela. Mas Dätt se opôs a Terusch porque era filha ilegítima, e meu pai obedeceu. A história não é bem comprovada, não bate direito, os irmãos de papai não sabem nada a respeito e não posso perguntar a ele diretamente. Eu a menciono, sem poder confirmá-la.

Certo é que por essa época, no final dos anos 1950, papai começou a construir uma casa sobre a colina acima do pomar dos pais. Dätt lhe entregou de bom grado o terreno, "pois lá no alto não nasce nem grama". A partir de então, papai começou a passar seu tempo livre na obra, não longe da igreja, onde as ondas de vibração dos sinos plúmbicos atravessavam constantemente o ar.

Em seu livro *The dominion of the death* ("O domínio da morte", em tradução literal), Robert Harrison diz que há na filosofia oriental uma antiga tradição do pensamento, segundo a qual um conhecimento de coisas é a condição para um fazer; ou seja, quem quer construir uma casa tem de saber o que é uma casa, antes de levantá-la. Meu pai sabia *mais ou menos*, em linhas gerais, ele planejou tudo sozinho, moldou as telhas curvas sozinho, fez as instalações elétricas sozinho e rebocou sozinho. Gostava de rebocar, ele disse. Nessas horas, ele se sentia *em casa*.

A nova construção, sólida, ficava ao lado do pomar, com a nobreza do recém-erguido e do recém-caiado. Bem à direita, as montanhas suíças, um pouco menos à direita, o Appenzell, na frente, o vilarejo e Bregenz, à esquerda, o monte Gebhard e o mirante Känzele, que se erguia íngreme. A vista dava a esse lugar algo de especial, como uma aura. Muitos anos depois, quando lhe perguntei por que a casa estava construída do jeito que estava, papai me respondeu que não a posicionou levando em conta o sol, mas o monte Gebhard.

Em 1963, aos 37 anos, ele acabou se casando. Papai subiu ao altar com uma jovem professora de St. Pölten, que — para seus padrões — não havia tido um lar. O pai dela, fogueiro empregado na ferrovia, morreu na guerra. A criança cresceu num ambiente pobre, a mãe era educadora num orfanato em Ybbs, fazendo trabalhos eventuais como costureira. A filha, depois do segundo casamento da mãe, foi mandada para a casa do avô em Vorarlberg, onde se formou professora. Seu primeiro emprego: Escola Básica de Wolfurt, antigo prédio escolar.

Minha mãe tinha vindo do interior para o interior profundo, e lá, nas profundezas do lugar, segundo sua própria análise, ela cometeu um erro.

O pouco que a razão trabalha na hora de assumir um casamento precisa ser compensado por ela com juros usurários.

Meus pais estavam longe de dominar tais conhecimentos práticos da ciência do matrimônio. Como não os haviam aprendido em casa, suas noções de vida a dois baseavam-se principalmente no desconhecimento — e na desatenção, bastante difundida, ao detalhe secundário de que um não pode mudar o outro. O caráter é uma moeda mais forte do que a boa vontade.

Partindo do pressuposto de que combinavam muito bem, os dois cometeram um erro fragoroso, e não me vem à mente nada melhor para isso do que o que Liév Tolstói escreve em *Anna Kariênina*: deixar a escolha do cônjuge aos jovens é mais ou menos tão sensato quanto afirmar que armas municiadas são brinquedos adequados para crianças de cinco anos. Palavras da princesa.

Antes do casamento, não passou pela cabeça de meus pais refletir sobre o que acontece quando duas noções diferentes de felicidade se encontram. Ambos traziam consigo os ingredientes para uma possível felicidade. Olhando com mais atenção, porém, percebe-se que esses ingredientes destinavam-se a diferentes tipos de felicidade, muito divergentes. No fim, cada um estava infeliz a sua maneira.

Um não conseguia corresponder às expectativas do outro; até a forma de expressá-las era absolutamente diversa. Havia uma ruptura cultural intransponível entre as idades e as origens: meu pai vinha de uma extensa família camponesa, minha mãe era de uma família incompleta; ele sociabilizou-se antes da guerra, ela, depois da guerra; ele era marcado pela guerra e pela prisão, ela, pela pobreza e o romantismo do cinema. Expectativas diferentes, valores diferentes, sentimentos diferentes: ele com sua preferência pelo simples e parco, ela com sua preferência pelo sensível e caloroso; ele com sua preferência pela convivência, ela com sua preferência pela educação. Papai sempre dava exemplos de sua inépcia para a vida cultural. No dia seguinte, ouvia-se:

"August adormeceu no primeiro ato."

Era a perfeita dissonância entre os ideais de vida, exceto pelo desejo de se casar e ter filhos. Fora isso, a convivência no dia a dia se parecia com duas pessoas na torre de Babel, desesperadas, uma tentando dizer à outra em sua própria língua: você não me entende!

Quando perguntei a meu pai por que ele se casara com minha mãe, ele disse que tinha gostado muito dela e queria lhe dar um lar. Aqui aparece novamente seu grande tema: lar, segurança, aconchego. A seus olhos, essas coisas tinham um valor excepcional. Estar apaixonado é bom, ele pode ter pensado, mas melhor ainda é saber onde é nosso lugar.

Mamãe, por sua vez, não procurava segurança e aconchego, mas estímulo. Ela era aberta ao mundo e ávida pelo *novo*. Uma viagem de lua de mel nem chegou a ser cogitada, porque eles não tinham dinheiro. Mas quando papai se recusou a fazer um passeio, batizado de lua de mel, foi como se minha mãe tivesse levado um murro na cara. Para papai, o

mundo era tão grande e bonito apenas para que as pessoas todas não ficassem circulando por Wolfurt.
"Nem mesmo um passeio pela floresta!", mamãe se indignaria muitas vezes depois. E, realmente, essa recusa não era algo de que se possa orgulhar. Papai não queria alterar seus hábitos nem sequer um único dia, tudo o que interrompesse o seu cotidiano era tido como negativo, mesmo um pequeno passeio no sábado depois do casamento.
O plano de vida: linhas retas, nada de curvas.

Escrever sobre um casamento fracassado se parece com juntar cinzas frias. Por algum tempo, os dois devem ter conseguido obter algo como paz de espírito por meio de acordos. Eles não se engalfinhavam, e com a chegada das crianças, apesar de todas as tensões, o relacionamento alcançou certo equilíbrio. Minha mãe foi muito feliz com os filhos nascidos em escadinha, e as tentativas de meu pai de ser um bom marido se concentraram, ao fim, no esforço de fazer uma boa figura no papel de pai — com sucesso. A felicidade com os filhos era algo que os pais podiam dividir entre si. Como relacionamento amoroso, porém, o casamento era um caso perdido. Os sentimentos de matizes tão diferentes pregavam peças um no outro, e parece que, com o passar do tempo, suas atitudes se tornaram cada vez mais rígidas. Quando se pensa de maneira tão díspar, creio que em algum momento se chega à conclusão de que não há sentido em discutir e fazer concessões.

No princípio, a vida na grande casa sobre a colina transcorria de maneira razoavelmente normal; passávamos por uma família comum. Tocava-se música durante muitas horas por dia, depois do almoço, as crianças que já conseguiam segurar as cartas jogavam canastra com os pais por meia hora. Ainda antes do almoço, as crianças desciam correndo até a praça da igreja para esperar o pai, que voltava do escritório para casa por duas horas. Nesse momento, todo o vilarejo parecia suave e amistoso, o cheiro de comida inundava os jardins e as ruas, porque em quase todas as casas se almoçava às doze em ponto. Papai colocava um dos filhos no bagageiro, um na barra, todos os outros caminhavam ao lado da bicicleta. Nas tardes de sábado, ele levava as crianças ao campo de futebol. Havia passeios de domingo. Toni, um garoto do orfanato em Bregenz, passava todas as férias conosco. Papai cuidava de uma horta, ele fazia xarope de melissa e de sabugueiro. E quando mamãe disse que era impossível cuidar de quatro crianças nadando no lago ao mesmo tempo e que papai teria de vir junto da próxima vez, ele construiu uma piscina.

A ideia inicial era ousada: colocar a piscina sobre o teto da garagem e ligá-la à varanda com uma ponte pênsil; nunca lhe faltavam ideias assim.

Apesar da diferença de idade, papai nunca se arvorava comandante e gerente do lar; sentia-se aliviado por não ser envolvido. Não havia nada de rígido nele. Ele apenas não ajudava nos serviços da casa, embora sua mulher logo tenha voltado a trabalhar. Sua firme convicção era a de que havia trabalhos masculinos e trabalhos femininos, designados por Deus e pela lei. Arrumar era coisa de mulher, exceto no jardim; martelar era coisa de homem, exceto na hora de bater bifes.

A casa era um canteiro de obras eterno por causa das diversas reformas e ampliações. Papai não parava de pensar sobre possíveis melhorias na casa e no jardim — nesse quesito, não havia limites para ele. Precisava-se de mais um quarto? Por que não, um a mais não faria mal. Dessa maneira, surgia espaço de moradia e, ao mesmo tempo, algo para ser rebocado.

Impulsionada pelo seu desejo de *conhecer o mundo*, mamãe começou a alugar quartos no verão, de preferência a turistas alemães e holandeses, que, espertamente se alojavam entre o lago Constança e a floresta de Bregenz. Depois de papai ampliar o sótão, apareceram também locatários para o ano todo, colegas professoras de mamãe e jovens sem maiores exigências.

Em 1977, mamãe *ganhou o mundo*. Arranjamos um locatário da Alemanha chamado Pech [azar]; o nome, que significa azar, combinava, seus cabelos eram escuros e ele gostava de usar preto. Ninguém sabia exatamente em que ele trabalhava, mas era caloroso e simpático, e nós, crianças, acabávamos com todo seu Ovomaltine. Nas aulas de religião, quando o professor pedia que trouxéssemos revistas velhas, os outros apareciam com a revista da programação da TV e a revista dos Missionários do Verbo Divino, *Stadt Gottes*, eu vinha com as semanais *Stern* e *Der Spiegel*, que o locatário descartava regularmente na pilha de papéis embaixo da escada — e era mandado de volta para casa *com essas porcarias*.

Certa noite, Pech desceu do sótão, anunciou que precisava se mudar, pois não tinha dinheiro para o último aluguel, mas que deixava o rádio e a placa elétrica de fogão. Papai concordou. O locatário saiu e alguns dias depois a polícia apareceu à nossa porta, perguntando por ele, suspeito de ser membro da RAF, Fração do Exército Vermelho. Dissemos que já tinha partido.

Na mesma época, o empresário do setor têxtil Walter Palmers foi sequestrado por membros do Movimento 2 de Junho — os contatos necessários foram feitos por alguém de Vorarlberg, facilmente identificável como tal pelo sotaque. O jornal divulgou um número de telefone que podia ser chamado para que a voz ouvida fosse identificada. Eu tinha nove anos e telefonei várias vezes para esse número, as conversas me pareciam fantasmagóricas e divertidas, mas eu não sabia do que se tratava. Quando se descobriu que o autor das ligações era um jovem de Wolfurt, a exaltação foi enorme. Ele era aluno de mamãe na escola, e ela disse que era um garoto calmo e simpático; ela gostava dele.

Durante anos não ouvimos mais nada a respeito do locatário Pech. Nós, crianças, estávamos felizes por termos abrigado um terrorista procurado e acabado com seu Ovomaltine; pensávamos que Wolfurt era a sede secreta da RAF. Certo dia, Pech apareceu para uma visita rápida, ficamos um pouco sem jeito; papai falou com ele sobre as investigações da polícia. Pech minimizou a questão, disse que logo fora encontrado e rapidamente solto de novo, resultado da histeria de 1977.

Papai ficou visivelmente aliviado, eu me senti um pouco decepcionado.

Minha infância chegava gradualmente ao seu final. Até então, papai tinha sido um bom pai e feliz — até o momento em que era preciso tomar iniciativa. Filhos na puberdade não eram seu forte, e ele não é o único. Com adolescentes, era necessário conquistar a admiração com alguma coisa. Mas não era de seu feitio procurar corresponder aos anseios dos outros. Ele preferiu se retrair, imobilizando-se nos hábitos de sua existência provinciana.

Ouvi dizer que no grego as palavras para terra natal e hábito são aparentadas.

Papai não se mexia quando o telefone tocava. Ele não conseguia imaginar que alguém pudesse querer algo dele.

"Com certeza não é para mim", ele dizia.

Ele também não esperava pelo carteiro. Por que deveria? O correio não lhe trazia nada que lhe interessasse.

Mais e mais comecei a sentir papai como uma pessoa a quem nada me ligava. E como era impossível canalizar a ânsia por uma rebelião juvenil contra a tirania paterna (afinal, ele nunca fez qualquer tentativa de querer dominar alguém), a substituição que encontrei foi me rebelar contra a ignorância dele; em geral, sentimos excesso ou falta de cuidados de sua parte. Eu acusei-o de desinteresse. Ele não aceitou essas acusações, e isso atiçou ainda mais minha oposição a ele; eu não conseguia entender e, por isso, também não conseguia me conformar com a situação. Em algum momento, resolvi que ele não era mais alguém com quem eu quisesse me relacionar. Meus problemas *eram outros* e já eram mais que suficientes. Isso até era verdade, mas ao mesmo tempo era uma fuga, pois foram principalmente os meus interesses que mudaram com a minha idade. A crise foi tão profunda que hoje não consigo nem dizer que naquela época eu tinha esperança de que, no futuro, a distância entre papai e eu se tornaria menor novamente. Nessa época, papai simplesmente não tinha grande importância para mim; em algumas fases, ele me era indiferente.

Na minha juventude, notei a generosidade de seus julgamentos: ele não falava sobre os outros de maneira maldosa ou leviana. A partir de uma distância cada vez maior, eu valorizava isso nele.

Papai passava agora muitas horas no porão, na oficina. Lá ele conseguia tecer seus pensamentos ou, sem pensar em nada, se enredar neles. Lá ele conseguia manter sua vida livre de acontecimentos externos. A oficina era seu refúgio e seu lar natural. Ainda hoje me espanto com a organização lá de baixo. Nos anos 1970, ele havia fixado uma tábua grande no teto baixo e aparafusado nela, caprichosamente, tampas de papinhas para bebês, com o lado do rosqueamento para baixo. Ele enchia os vidrinhos de miudezas, pregados às dúzias no teto, muito arrumados, muito fáceis de ser localizados, numa arrumação perfeita. Até os filhos e a mulher encontravam logo o que procuravam.

Quando alguém queria saber:
"Onde está papai?"
A resposta em geral era:
"Deve estar na oficina."
"O que ele está aprontando por lá?"
"Alguma bobagem."

Em minhas lembranças dessa época, retornam sempre situações semelhantes. A família não queria que papai, que usava suas ferramentas para atividades que não diziam respeito à casa, atrapalhasse a vida familiar com suas ausências (a furadeira no porão, que fazia a imagem da televisão sumir, constantes marteladas e ruídos vindos de cantos quaisquer, quando os filhos precisavam estudar ou queriam ler). Até minhas primeiras reações, quando papai ficou doente, seguiam esse padrão — eu não queria que papai se retraísse e ficasse ausente por causa de uma doença e, ao mesmo tempo, que essa ausência atrapalhasse minha vida. A bem da verdade, no começo da doença, ele prosseguia vivendo sua existência de Robinson Crusoé: a família formava o apoio de que ele necessitava, o mar, o vento, a floresta, as cabras e *Sexta-Feira*.

Robinson Crusoé foi o único romance que meu pai leu durante sua vida, mas o fez várias vezes — um dos poucos romances importantes da literatura mundial em que o amor não é um tema importante; muito ao contrário, o que importa é o tema da afirmação pessoal. Papai batizou seu primeiro carro, um cabriolé grande, DKW, construído em 1934, de Robinson. Ele usou-o inclusive para viajar por dois ou três dias para o sul do Tirol, junto com amigos. Isso foi no ano da compra do veículo, 1955, bem antes do casamento.

Os anos 1980 avançavam. Meus pais não tinham se tornado exemplos da harmonia do lar. O tempo mais aprofundara do que amenizara suas diferenças. A casa tinha uma atmosfera claramente pesada e a puberdade dos filhos catalisava o movimento da dissolução. E como sempre partimos do pressuposto de que a família deve ser uma unidade harmônica, logo todos estavam se sentindo como corpos estranhos, e inevitavelmente chegou o ponto em que todos se sentiam isolados, abandonados à própria sorte, ocupados com as próprias coisas, que não diziam respeito a mais ninguém.

Tio Josef disse certa vez: "Na nossa casa também havia muitas coisas erradas. Se alguém estava com um problema na escola, não dizia nem ao irmão. E quando alguém se alegrava por algo, isso era escondido. A pessoa ia até o sótão dar pulinhos de alegria."

Como jovem, eu tinha uma avaliação semelhante da situação em casa. Eu só conseguia ficar à vontade ali, se o distanciamento fosse bem marcado, e no final todos estavam de saco cheio uns dos outros, pelo menos no que me dizia respeito.

Quando terminei a escola, o desgaste da família tinha se alastrado perceptivelmente até o estado de espírito de seus membros. Felizmente esse processo não era irreversível, o que se mostrou tempos depois, quando as condições melhoraram.

Essas coisas foram integralmente apagadas da memória de meu pai; no meu caso, as sementes do esquecimento ainda crescem devagar. Durante a época em que estive na escola, papai e mamãe passaram alguns maus bocados comigo. Além disso, mamãe sofria cada vez mais intensamente com as obrigações de sua vida. Se penso naqueles dias, não me espanto mais com a frequência de seu mau humor. No dia da festa da formatura do ensino médio, já havíamos brigado antes em casa; e, durante a cerimônia, minha mãe ficou chateada pelo fato de eu ser o único aluno que não estava usando uma camisa social. Papai me chamou de lado, com sua maneira tranquila me expôs a situação e perguntou o que eu achava de ele comprar uma camisa de um garçom. Para me mostrar a seriedade com que ele encarava a questão, puxou sua carteira (com a foto) do bolso interno do paletó dizendo que tinha dinheiro suficiente, que todo garçom carregava uma camisa reserva para a eventualidade de se sujar durante o serviço. Era para eu pensar a respeito, pensar não doía. Olhei para papai como se ele tivesse vindo da lua e rejeitei sua oferta, dizendo que não queria aparecer com a camisa de um garçom. Olhando para trás, tenho de reconhecer, entretanto, que a sugestão de papai foi honrosa, um esforço de apaziguamento.

Poucas semanas depois, parti de Wolfurt rumo à universidade.

Qual é a coisa mais importante na vida para você, papai?
Não sei. Já vivi tantas coisas. Mas importante?
Você tem alguma ideia?
É importante que as pessoas falem bem de você. Daí muita coisa dá certo.
E o que você menos gosta?
De obedecer. Não gosto quando ficam mandando em mim.
Quem fica mandando em você?
No momento, ninguém.

Nos dias frios ou chuvosos no final dos anos 1970, sentávamos à mesa da cozinha para brincar com o "Jogo da vida", um jogo de tabuleiro inofensivo, baseado no sucesso econômico, para crianças a partir de dez anos. O tabuleiro era coberto com desenhos coloridos que se referiam à idade e momentos da vida, girávamos uma roleta e seguíamos a rota que essa roleta nos obrigava: formação escolar, viagens, casamento, sucesso, falta de sucesso, casas que eram construídas, que pegavam fogo, fracassos profissionais, descoberta de um poço de petróleo, especulações mal-sucedidas, bodas de prata, aposentadoria. Naquela época, não imaginávamos que o caminho mostrado pelo jogo era insignificante em comparação com aquele que a vida nos reservava. Também não tínhamos noção do quanto a sorte está envolvida no avanço ou no retrocesso das pessoas.

Quando alguém tinha de ficar fora de uma rodada por ter se envolvido num acidente ou por um motivo de saúde, ríamos de sua desgraça.

A orientação espacial de papai ficava cada vez mais fraca. À noite, ele vagava de pijama pela vizinhança, e ficávamos pensando no que poderia lhe acontecer. Para que alguém cuidasse dele também às noites, decidimos por um acompanhamento integral. A porta para a escada era trancada durante a noite.

As mulheres eslovacas que trabalhavam em casa organizavam o dia de papai. O rodízio das pessoas que até então entravam em seu quarto pelas manhãs tinham-no deixado confuso. Seu estado melhorou rapidamente, foi possível notar como ele tornava a reviver. Aliado ao fato de que a doença se autoaplacava por causa de seu avanço, iniciou-se para ele a era dourada da demência.

Nenhum doente de demência é igual ao outro, muitas vezes as generalizações são controversas, os afetados se mantêm impenetráveis em sua essência, cada um sendo um caso com competências próprias, sensações próprias e um transcorrer próprio da enfermidade. Para papai, a doença caminhou devagar, e quanto menos ele tinha consciência de seu estado, menor era a influência da doença sobre seu estado de espírito. Se ele ainda se desse conta da doença, ela já não o amedrontava tanto. Conformado, ele aceitava seu destino e seu jeito básico positivo voltou a se manifestar mais amiúde.

Também ficou mais raro ele vaguear pela casa sem rumo. Embora continuassem existindo situações nas quais ele queria voltar para casa, esse desejo tinha deixado de ser acompanhado pelo pânico. Sua voz soava muitas vezes tão calma quanto a de alguém que sabe que a vida sempre caminha para o pior e que não adianta se irritar.

"Agora eu vou para casa", ele disse certa vez, cansado de esperar tanto tempo por alguém para levá-lo. "Você vai junto ou fica aqui?"
"Fico aqui."
"Tudo bem, então vou sozinho. De que me adianta ficar esperando, e daí, quem sabe, voltar para casa em novembro. E talvez ainda ter de pagar alguma coisa. A única chance é voltar para casa imediatamente."
"Sim, pode ir."
"Posso ir?"
"Se você acha, por favor, não há nada que o impeça."
"E mais uma coisa... meus familiares. Posso levá-los comigo?"
"Claro, leve-os."
"Ótimo, obrigado."
Ele olhou ao redor, tentando se lembrar de mais alguma coisa de que poderia levar também. E disse, satisfeito:
"Não há mais nada que seja da minha esfera pessoal."
Em seguida, ele veio mais uma vez até mim junto à mesa, sua expressão facial revelava que a situação lhe era um pouco constrangedora; depois de alguma hesitação, ele finalmente revelou o problema.
"Você sabe o meu endereço? Ou outra indicação? Quero dizer, você só precisaria me dizer siga a rua de cima, até ver a casa."

A maneira como ele me pediu ajuda me partiu o coração e eu respondi:

"Pensei bem, vou acompanhá-lo. Se você esperar mais uma meia hora até eu terminar com a digitação, vamos juntos."

"Para onde?", ele perguntou.

"Para casa", eu disse. "Também estou com vontade de ir para casa."

"Sério?"

"Sim. Mas antes de irmos, descanse um pouco e reúna energias."

"É longe?"

"Longe o suficiente. Mas vamos conseguir de uma só tacada."

"E você vai mesmo junto?"

"Sim, claro."

"Você faria isso?"

Peguei sua mão e apertei-a brevemente:

"Com muito prazer até."

Essa resposta era do seu gosto. No mesmo instante, seu rosto estava radiante. Ele também pegou minha mão e disse:

"Obrigado!"

Em seguida, ele se sentou comigo à mesa e passamos uma noite relativamente calma, até que sua acompanhante o levou para a cama.

Agora em geral ele me tinha por Paul, seu irmão. Para mim, tanto fazia. O importante é que eu era da família. Também não me importava de ele me cumprimentar pela manhã com um cantante:
"Bom dia, Deus te abençoe, meu lindo irmããããooo."
Às vezes ele mudava no meio da frase, me apresentava como seu irmão Paul, o "guarda florestal", e acrescentava:
"Ele é poeta e pensador."
Ele nunca mais saiu de casa por conta própria, sempre havia momentos em que se sentava sobre a mureta diante da casa ou ficava na varanda, observando o vilarejo lá embaixo. Nessas horas, às vezes eu tinha a expectativa de que ele estivesse normal, se voltasse para mim e entabulasse uma conversa casual. Nunca tivemos outras conversas que não as casuais. Ele nunca me apertou contra a parede, nunca me dera conselhos. Não consigo me lembrar de nenhuma orientação de caráter pedagógico relevante. Seu gênero predileto eram observações sobre o tempo e as movimentações da paisagem.

Vendo-o sob o jogo de sombras de uma das árvores era de se pensar que tudo estava em ordem.

Naquela época, eu imaginava que o tempo restante era exíguo. Imaginava o que o próximo ano nos reservaria, e o seguinte também. Dois ou três anos — esse é mais ou menos o tempo que passo trabalhando num romance. Três anos, esse era mais ou menos o tempo que eu pensava que ainda conseguiria *interagir* com papai. Por isso eu vinha a Vorarlberg com a maior frequência possível e dava folga à tarde para suas acompanhantes, a fim de conseguir ficar sozinho com ele.

Geralmente os dias eram muito tranquilos. Às vezes, eu achava que estava com problemas de audição, porque não era acostumado com o silêncio. Enquanto eu trabalhava, papai ficava horas sentado à minha frente junto à mesa da cozinha. Ele passava as mãos sobre a mesa, vez ou outra respirava rápido e de maneira ritmada, mexia no porta-jornal, mas em geral se mantinha quieto. Às vezes ele fazia uma pergunta e nós conversávamos, às vezes ele me olhava de lado e observava o notebook, lendo o que estava na tela. Quando lhe perguntei se ele se interessava pelo que eu escrevo, ele respondeu:

"Sim, até que me interesso um pouco."

Em seguida, ele voltava a se sentar e sua expressão era a de estar sonhando. Em sua amnésia, ele me parecia como o de antes. Brincava com os dedos como se no momento não houvesse nada mais urgente; de tempos em tempos, me oferecia ajuda.

"Infelizmente, eu sei", ele acrescentava, "que não consigo fazer mais nada de decente, o resultado do meu trabalho ficou bastante fraco. É difícil. Talvez eu não consiga ajudá-lo muito."

Eu dizia:
"Você é quem mais me ajuda!"
"Não diga isso!", era sua réplica.
"Sim, é verdade, você é quem mais me ajuda."
"É gentil de sua parte me dizer isso."
"Mas também é verdade."
Ele pensava por um instante antes de falar:
"Então vou aceitar."
Quando ficava sozinho na cozinha, ele cantava com frequência e cada vez mais alto. Eu pensava que, continuando assim, ele chegaria aos noventa. Afinal, ele levava uma vida saudável. Refeições balanceadas todos os dias, muito canto e passeios, bastante sono. Às sextas, não havia carne; suas acompanhantes eslovacas se atinham a essas coisas. E, aos domingos, elas acompanhavam papai à igreja, se Peter e a família já tivessem ido na noite anterior.
Ao cantar, ele modificava as letras de maneira cômica. Sua criatividade também aumentava ao falar. Sua sagacidade de antes se tornava visível novamente. Era como a beleza de um jardim com muito mato depois de um pouco de poda.
"Eu também tive alguma participação nessas coisas", ele dizia. "Mas, por favor, não enfatize demais a palavra *alguma*; ela foi muito restrita."
Essa maneira de se expressar me impressionava, eu me sentia tocado pelo potencial mágico das palavras. James Joyce disse não ter criatividade, mas que

simplesmente se entregava às ofertas da língua. Essa era a impressão que papai me passava. De *zukünftig* [futuramente] ele criou *kuhzünftig* [especialista em vacas]; ele contestou minha afirmação de que eu estava no *fim do meu latim* dizendo que ele próprio não estava no fim do seu latim, *mas no fim de sua vida*. E pronunciava as palavras de tal maneira que era impossível não reconhecer o parentesco fonético. Ele utilizava palavras como *pressant* e *pressiert*, *dawei* e *bistra*.* E algumas expressões antigas, que eu não ouvia há tempos, reapareciam:

"O pano de linho não cresce, não adianta puxar."

"Aquele que tropeça não cai."

"Você está se comportando como se sua sopa tivesse pregos de sapatos."

Quando não se lembrava de uma palavra, dizia:

"Não sei como batizar isso."

As palavras lhe saíam da boca com facilidade, ploc, ploc. Ele estava relaxado, falava o que passava pela cabeça, e o que vinha à sua cabeça muitas vezes não era apenas original, mas tinha uma profundidade que me fazia pensar: *Por que não pensei nisso?* Eu me espantava com a precisão de sua linguagem, o uso correto do tom e a habilidade na escolha das palavras. Ele dizia:

---

* *Pressant* [urgente] e *pressiert* [apressado] vêm do francês e são pouquíssimo usadas; *dawei* [mas] é dialeto; *bistra* provavelmente se trata de vocabulário próprio de August Geiger.

"Você e eu, nós vamos tentar viver nossas vidas da maneira mais agradável possível; se não conseguirmos, então um de nós levará a lição que couber."

Nesses momentos, era como se ele saísse da casa da doença e inspirasse ar fresco. Por alguns instantes, ele voltava totalmente a si. Passávamos horas felizes, especiais, porque tínhamos voltado as costas à enfermidade.

"Segundo meus critérios, estou me sentindo bem", ele dizia. "Agora sou um homem mais velho, agora tenho de fazer o que gosto e ver qual será o resultado."

"E o que você quer fazer, papai?"

"Nada. Isso é o melhor, sabe? Isso é uma arte."

Ou ele perdera a consciência de sua tragédia ou não a encarava de maneira tão dramática. Ele até se irritou pouco quando um tumor de bexiga se manifestou por uma forte hemorragia ao urinar. Ele continuou com bom astral e apenas um pouco *espantado*. Ele ficou confuso somente depois da operação, por causa da anestesia e do lugar estranho. Todos ficaram aliviados quando os médicos finalmente lhe deram alta. Em casa, imediatamente ele passou a se sentir melhor — e sabia até onde estava. Isso era um sinal e tanto.

Ao acordar no hospital, ele disse para Daniela, sua acompanhante, que estava com dores. Daniela lhe respondeu que não podia ajudá-lo, mas que ficaria ao seu lado. Ele replicou:

"Você ao meu lado já me ajuda muito."

Uma diabetes do tipo 2 também foi diagnosticada. A cada manhã, papai demonstrava sua invejável capacidade de engolir comprimidos de quaisquer tamanhos sem o auxílio de água, com uma careta engraçada. Ele só tomava um gole depois de tudo já ter descido.

Há algum tempo ele não conseguia mais reconhecer a televisão como outra realidade. Ele perguntava como era possível que lá, para onde olhava, surgisse de repente um quarto estranho e, em seguida, um carro.

"Como é que um carro entrou aqui?"

O auge dessa situação foi quando, durante o noticiário no Natal, ele se levantou do sofá, carregou a bandeja com os biscoitos festivos até o televisor e incentivou o apresentador a se servir. Diante da não reação do apresentador, papai pegou um biscoitinho, segurou-o no lugar exato onde a boca do apresentador se movimentava e sugeriu ao homem que experimentasse. A descortesia contínua do jornalista deixou papai um pouco apreensivo. Apesar de sua comicidade, a cena nos assustou. Foi bastante aterrorizante.

A doença, realmente, lhe proporcionava momentos peculiares. Esses, em geral, eram de curta duração e muitas vezes indicavam que papai não estava se sentindo bem. Seu estado se alterava rapidamente, independentemente de quão bem estava sendo tratado. Ele se dava maravilhosamente bem com algumas de suas acompanhantes, outras não conseguiam lhe passar a sensação de estar em boas mãos. Então ele ficava confuso e amedrontado, entrava em pânico e acreditava estar em sérias dificuldades.

"Estão atirando, precisamos nos proteger!", ele dizia. "Os suíços estão atirando de novo para cá!"

Uma fumaça cinza, levemente amarronzada, saía da casa de vovô — tio Robert estava produzindo aguardente. Na parte da manhã, tio Erich tinha caminhado pelo campo com um balde e uma pequena pá, colhendo os carvalhos jovens, que não paravam de brotar. A fumaça da chaminé tinha ficado quase transparente, talvez a segunda destilação. De minha escrivaninha, vi como a nogueira brilhou levemente atrás da chaminé e sumiu.

O dia estava gelado e as nuvens, altas e leves. Diante de meu apartamento, um bando de tentilhões procurava por alimento entre os arbustos de framboesa.

Eu estava trabalhando há uma hora no argumento de *Alles über Sally*, tomando café em uma xícara velha, lascada, quando o celular tocou. Era Maria, uma das acompanhantes de papai. Ela havia tentado colocar papai debaixo do chuveiro, mas ele não queria tomar banho e se trancou no banheiro enquanto ela se afastou por um instante. E ele não queria sair mais dali.

Subi e me ocupei do caso. Depois de muitos pedidos, papai abriu a porta. Ele estava sentado sobre o banquinho, de calças compridas e uma camiseta sem mangas branca; a pele dos antebraços estava pendurada, flácida, sem qualquer viço. Ele tinha pendurado duas toalhas ao redor do pescoço, tal um lutador, numa das mãos segurava para o alto a longa escova de lavar as costas, na outra um cortador de unhas, cuja lixa apontava para fora. Agora ele realmente se parecia com um rei — com cetro e espada. Mas a loucura se estampava em seu rosto.

Perguntei-lhe se queria assistir à televisão comigo.

Ele não olhou para mim e fechou o rosto, como se estivesse decidido a ir até o fim. Ele estava tendo alucinações, olhava o tempo todo para a ducha e se perguntava o que fazer "com o outro".

Como ele não parava de patear com a escova pesada e a lixa, não fui muito sagaz. Em vez de lhe tirar o medo, dizendo que iria protegê-lo e que expulsaria *os outros*, tentei distraí-lo. Sem sucesso. Ele continuava se sentindo ameaçado e, com a cabeça encolhida, olhava para a direita e para a esquerda, pronto para atacar.

Quando tentei tirar a escova de sua mão, ele deu mostras do que seria capaz e me bateu. Levei um susto e ralhei com ele:

"Você está louco? Afinal, não é um secretário municipal de respeito?! E é assim que você se comporta?! Quem lhe ensinou isso?! Certamente não foi sua mãe! E você também nunca ensinou coisa parecida para nós, seus filhos!"

Eu despejei um bocado sobre ele, sabia que entre tudo aquilo havia coisas que lhe eram caras. Foi interessante ver como o sermão impressionou-o. Ele ficou sem jeito, como se estivesse envergonhado, baixou a escova por conta própria e concordou quando eu disse que iria pegar a lixa. O pior havia passado. Vesti-lhe uma camiseta e manobrei-o em direção à televisão. Ele relaxou, ficou excessivamente animado, disposto a gracinhas. Ao mesmo tempo, Maria foi se deitar em seu quarto, chorando. Ela havia se debatido durante uma hora com ele e foi ameaçada diversas vezes pela escova de lavar as costas.

Liguei para Helga, que já havia lidado com situações complicadas como essas diversas vezes. Perguntei-lhe se podia vir e conversar com Maria. Eu mesmo tinha passado a noite com papai, que mostrava agressividade pela primeira vez. Depois, ele continuava alegre e enfaticamente amistoso, como se soubesse que tinha me causado preocupação e como se estivesse disposto a apagar sua encenação.

Dessa vez, o fogo do inferno tinha apenas nos chamuscado.

Nesse momento, eu não fazia ideia de como as coisas prosseguiriam. Papai não podia se dar ao luxo de ações como essa. Suas acompanhantes reagiam de maneira muito sensível a essas agitações extremadas. E, por fim, até eu fiquei amedrontado, achei que estivesse diante de um doente mental violento.

A sensação subjetiva de papai deve ter sido: o que essa mulher quer de mim? Tomar banho? Isso certamente é um truque! Não vou mais receber ordens dessa pessoa estranha. Ela fala um alemão sofrível, apesar disso acha que tem o direito de mandar em mim e ficar me empurrando. Isso é suspeito.

Ele não gostava de se recordar das enfermeiras soviéticas nas barracas em Bratislava. Em vez de cuidados, recebia ordens. Talvez algo daquele tempo tivesse ficado guardado, e agora, de repente, emergira. Não sei. De todo modo, o fato de suas acompanhantes terem vindo da Eslováquia — e algumas diretamente de Bratislava — para Wolfurt tinha sido um mero acaso.

Nessa noite, assistimos juntos a um programa de televisão de "pegadinhas". Papai estava interessado, comentou rindo a *bobagem*, como ele chamava o programa, enquanto eu tomava notas no notebook de tudo o que tinha acontecido. Maria havia recebido a noite de folga para se recuperar. Com saudades de casa, ela pediu demissão poucos dias depois.

Não sei se foi nessa noite que uma das "pegadinhas" mostrou um elevador fechado num grande hotel. A luz acabava de repente dentro do elevador e depois de alguns segundos, ao retornar a energia, um jovem estava faltando. Só sua bolsa aparecia largada no chão. A maioria das pessoas no elevador reagia chocada, mas uma mulher não conseguia segurar o riso. Ela estava quase chorando de tanto rir.

Quando meu pai alucinava, a situação em sua cabeça certamente devia ser bem parecida. A luz acabava por um momento e, de repente, a situação tinha mudado. Inexplicável! Um cérebro que precisa lidar de maneira constante com tais dificuldades necessariamente entra em estado de alerta.

Algumas semanas depois, tia Hedwig, mulher de Emil, deixou um recado em minha secretária eletrônica. Eu liguei de volta, tratava-se de Katharina, a filha de minha prima Maria. Katharina ficou paralisada durante semanas depois de uma infecção gripal e ela só conseguia mexer os olhos. Essa experiência e os pesadelos diários motivados pelos remédios tinham sido registrados por Katharina. Tia Hedwig e eu conversamos também sobre meu pai. Ela mencionou um passeio que meu primo Stefan havia feito com ele. Papai tinha dito que sempre tivera uma boa vida. Tia Hedwig mencionou isso com espanto, pois quase ninguém fazia uma afirmação dessas. E o que ele dissera tornava-se ainda mais notável quando ela pensava na foto que tinha de August em casa, logo após ter passado um tempo como prisioneiro de guerra.

Eu lamentei a perda do retrato, juntamente com a carteira de papai.

Tia Hedwig disse:

"Ah, Arno, nós temos uma cópia. Não faço ideia de como ela veio parar aqui. Mas temos uma cópia."

"Você tem certeza?"

Eu descrevi a foto.

"Sim, tenho certeza. Se você quiser, vou procurá-la. Pode vir buscar amanhã."

Então busquei a foto, providenciei uma cópia da cópia e pude ficar com a cópia original. É uma das coisas que são caras ao meu coração.

A anotação no verso da cópia indica que Emil a fez em 1995, num tempo em que ele e papai eram homens velhos. — por volta desse ano teve início toda a confusão.

Veja, afinal eu já sou um sujeito mais velho. Você, ao contrário, é um jovem gafanhoto.

Naquilo que você tem razão, você tem razão.

Algumas coisas em mim envelheceram.

Não importa quanto se envelheça, sempre dá para aprender algo novo.

Eu não, infelizmente. Não tem mais nada dentro de mim. E eu ficaria bem aliviado se logo — logo, logo — minha ajuda aqui não fosse mais necessária. Eu preferiria caminhar um bocadinho e não fazer nada.

Você pode não fazer nada à vontade.

Se você soubesse. Eu preciso ficar reangulando coisas o tempo todo. Mas quero parar logo com isso.

A ÁGUA ESCORRIA PELO CANO da calha, um ruído banal, hipnotizante, alheador. Somos impotentes contra a água e o tempo. Chamei a atenção de papai para a chuva. Ele olhou para a janela e disse:

"Ah, os bons tempos, quando eu era jovem, quando eu era jovem, lá fora ainda era gostoso. Agora é horrível... horrível."

Meu pai ainda não tinha perdido por completo sua sensação de tempo. Mas ele não *batia mais muito bem*. Era espantoso que ele não deixara de ter justamente o conhecimento sobre o declínio de suas habilidades; ele o mencionava cada vez com maior frequência, ao mesmo tempo em que tinha deixado de ser capaz de realizar as coisas mais corriqueiras. Para mim, isso era ainda mais espantoso. Papai não sabia se estava com fome ou com sede, "não era nada muito fácil" dar conta de comer e beber da maneira usual. Certa vez ele estava sentado diante de seu prato com um pão, lamentando-se por não saber o que fazer com aquilo. Ele me pediu um conselho, e eu disse:

"Você só precisa dar uma mordida."

Essa indicação não lhe serviu para nada. Chateado, ele falou:

"Bem, se eu soubesse como funciona. Sabe, sou um pobre coitado."

Às vezes ele dizia a cada par de horas que era um pobre coitado, mas sem qualquer tristeza, sem qualquer protesto, geralmente de um jeito amistoso, como se tivesse de anunciar uma conclusão importante.

"Sou alguém que não tem mais nada a dizer. Não há como mudar isso."

Essas frases também podiam ter sido ditas por um herói de Franz Kafka ou de Thomas Bernhard. Aí estão dois que se acharam, eu pensava, um homem doente e um escritor. Em *Frost*, Thomas Bernhard faz seu protagonista dizer: *Mas sou profundamente incapaz, muito profundamente incapaz*. E num outro trecho: *Tudo me é incompreensível*.

"Não entendo nada disso!", papai repetia o tempo todo, um comentário à incompreensibilidade dos mecanismos aos quais ele se sentia atraído. E, categórico, acrescentava:

"Eu não sou mais nada."

Muitas vezes, papai avaliava sua situação de maneira detalhada e a serenidade com que ele fornecia informações de si próprio me fazia estremecer:

"Um irrelevante, é o que sou", ele dizia. "Sim, sim, já se foi o tempo. Meu começo, esse foi vigoroso. Mas agora estou velho... e com a velhice chegou uma certa insuspeição... não, insuspeição não... não *insuspeição*, a palavra é ruim... houve problemas."

Ele fazia o sinal de *fim* com as mãos, cruzando e afastando as mãos diante da barriga. Então vistoriava diversas gavetas, voltava a fechá-las. Ele não conseguia dar uma resposta concreta à minha pergunta sobre o que estava procurando.

"Nada. Nada para repassar ou continuar trabalhando." Ele emendava um "É, é" e dizia:

"Eu vi uma coisa que, a princípio, me deixa feliz. Mas nada disso está mais na minha constituição."

"Como você avaliaria sua constituição, papai?"

"Fraca. Só consigo trabalhar em alguma coisa com a ajuda dos outros. Estou muito parado e não consigo mudar isso. Muita coisa deu errado comigo, muita coisa... bem, muita coisa podia ter sido melhor. Mas não fico me lamentando. Não estou reclamando, embora não tenha alcançado muitas coisas nos últimos tempos. No começo ainda dava, mas então foi ficando cada vez pior. Eu também tive azar."

"Que tipo de azar?"

"Sim, algo se quebrou nas minhas mãos. De repente, as coisas não tinham mais valor. Não estou querendo culpar ninguém por isso, minhas coisas de repente ficaram simplesmente mais frágeis. Não sou mais adequado. Não tive mais momentos gloriosos nos últimos... o que devo dizer?... meses. Também pode ser mais tempo."

"Quando foram seus momentos gloriosos?"

"Não fico mais ruminando sobre isso. Tive bons momentos, muitas vezes me alegrei. Mas, mas, mas isso passou. Sim, alguma coisa se quebrou em mim, eu sei. Mas eu não preciso mais disso."

Ele foi até a porta e disse: "Deus do céu!" Cinco segundos depois, cantarolava um pouco, olhava as panelas no fogão e saía para o caramanchão. Ao voltar dali, eu lhe perguntei:

"E aí? Quais as novidades?"

"Comigo, nada, não tenho nenhuma. Mas você sempre tem e eu fico contente por isso. Sabe, do meu lado está tudo parado, estou fraco, não consigo fazer nada, aconteceu de ficar assim." Ele cantarolou algumas notas. "Agora eu logo também vou... me deitar de barriga para cima."

"O quê?"

"Não fazer nada... Sabe, não há mais nada de importante em mim. É o que eu sinto. Não posso provar, mas tenho essa sensação de que não há mais nada de importante em mim, sim, é isso... Aquilo que ainda precisa ser feito tem de ser feito pelos outros."

"Você pode ficar totalmente despreocupado. Eu vou cuidar das coisas."

Ele sorriu, pegou na minha mão e disse:

"Obrigado, quero dizer apenas muito obrigado. Sou um pobre coitado. Sempre fui... obrigado por não fazer nenhum escarcéu por eu estar parado."

"Papai, tudo foi feito, não ficou nada por fazer. Agora o sol está se pondo."

"Você acredita nisso?"

"Eu sei."

"Obrigado por me dizer. Infelizmente não sou mais capaz."
Então ele se sentava comigo à mesa e apoiava a cabeça sobre as mãos cruzadas sobre o tampo.

A preocupação com que algo pudesse ter ficado sem resolução ocupava-o com frequência. Certa noite, ao descer do sótão, topei com Ludmilla e papai no corredor do primeiro andar. Ludmilla queria colocá-lo na cama, mas ele estava tenso por não estar tudo pronto e por alguém estar esperando por ele. Eu lhe disse que o dia tinha terminado por hoje, todos precisavam se deitar. Ele perguntou, apreensivo:
"E quem vai liberar as pessoas?"
Peguei sua mão, apertei-a por um instante:
"Eu libero as pessoas, elas podem ir para casa agora."
Um sorriso germinou por trás de sua insegurança. Piscando, ele disse:
"Você é meu melhor amigo!"

O convívio diário com ele parecia, cada vez mais, com uma vida fictícia. Todos nós nos orientávamos pelas lacunas de memória, delírios e construções auxiliares com as quais sua razão se armava contra o incompreensível e as alucinações. O único lugar que restava para uma convivência que valesse a pena era o mundo como papai o percebia. Dizíamos com a maior frequência possível coisas que reforçassem sua visão e o deixassem feliz. Aprendemos que a hipocrisia da verdade às vezes é o que há de pior. Ela não contribuía para nada e servia mal a todos. Responder a alguém com demência de maneira objetivamente correta segundo as regras convencionais, sem prestar atenção em *onde a pessoa se encontra*, significa tentar impingir-lhe um mundo que não é o seu.

Dessa maneira, seguimos um caminho que se esquivava na realidade séria e que retornava à realidade através de um desvio. Quando papai queria ir para casa, eu dizia, vamos ver o que eu posso fazer por você, acho que posso ajudá-lo. E quando ele perguntava por sua mãe, eu respondia fazendo de conta que também acreditava que ela estivesse viva e lhe assegurava que ela estava sabendo de tudo e cuidava dele. Isso o deixava feliz. Ele abria um sorriso e assentia com a cabeça. O assentir e o sorriso eram o retorno à realidade.

A verdade objetiva era muitas vezes atropelada; eu não me importava, pois ela não tinha valor. Ao mesmo tempo, comecei a ficar satisfeito quando minhas explicações podiam entrar no reino da ficção, e só havia uma medida: quanto maior seu efeito tranquilizador sobre papai, melhor.

Muito no convívio diário era uma *questão de técnica*. As exigências com as quais éramos confrontados tinham uma complexidade imensa, e embora fosse tristíssimo para meu pai que seu cérebro se desmantelasse, seus familiares estavam diante do fato de que as estranhezas *afiavam* a razão. Conversas com ele eram uma boa ginástica contra o que estava estabelecido e enferrujado. Elas demandavam uma quantidade considerável de empatia e de criatividade, pois no melhor dos casos uma palavra correta e um gesto correto conseguiam aplacar a inquietude durante um tempo. Num outro contexto, Felix Hartlaub disse: *Na verdade, só como equilibristas diplomados é que conseguimos passar por isso.*

Sobre suas experiências em colocar papai na cama e tirá-lo dela, Daniela dizia que as tarefas não eram tão difíceis quando ela lhe perguntava:

"Você está cansado?"

"Sim."

"Você quer se deitar?"

"Sim."

A estratégia era levá-lo, por meio de perguntas, a expressar por si mesmo a ação desejada. Dessa maneira, seu mundo desordenado se tornava um pouco mais ordenado. Por outro lado, ordens não funcionavam. Quando ela dizia:

"August, agora você precisa ir para a cama."

Então ele perguntava:

"Por quê?"

Certa vez, enquanto Daniela passava roupas, papai ficou impaciente e disse que iria para casa, na-

quele momento, já, ele não aceitaria mais aquilo.
Daniela o encarou, espantada, e lhe disse:
"August, não vou ficar sozinha aqui! O que vou fazer sem você? Se você for, vou também. Mas preciso terminar de passar as roupas."
Ele concordou e ela agradeceu.
Daniela disse que sempre agradecia a ele, mesmo depois de lhe prestar um favor. Isso o animava, ele ficava satisfeito e acabava surgindo uma espécie de dependência. Ele a procurava o dia inteiro e andava atrás dela. Ele precisava de segurança, pois assim se sentia bem. Sabia muito bem que necessitava de alguém para não afundar. Certa vez, ele disse a ela:
"Vivo nesta casa que eu construí sozinho. No momento, não há ninguém da minha família aqui, estou sozinho com minhas acompanhantes."
Certa vez, respondi à sua pergunta sobre quem estava em casa além de nós com "ninguém" e falei que estávamos sozinhos no momento; essa informação o inquietou. Ele disse:
"Isso é ruim, pois preciso de cuidados, sem cuidados estou rendido."
Tais afirmações sempre me impressionavam, porque eu não confiava mais que papai pudesse fazer uma *avaliação tão saudável*. Eu disse rapidamente:
"Estou aqui, eu me encarrego de cuidar de você."
Seu rosto se desanuviava e ele respondia:

"Eu tenho em alta conta esse tempo que você reserva para mim."
Nos outros dias, ele dizia:
"Ninguém nunca fez nada por mim. Você, talvez?"
"Sim, já. Às vezes."
Ele retrucava, cheio de amargura.
"Você nunca fez nada por mim!"

De todas as acompanhantes, Daniela era a que melhor se entendia com ele. O entrosamento de ambos era tão maravilhoso que dava vontade de reverenciar tal relação. Certa vez, cheguei no momento em que Daniela lhe mostrava fotos de seu marido. Papai afirmou que o conhecia. Ela o contradisse, dizendo que era impossível, pois seu marido vivia na Eslováquia. Papai falou:
"Acho você simpática, mesmo quando não acredito naquilo que você me conta."
Ela insistia em dizer que seu marido nunca tinha estado em Vorarlberg e que também não sabia nem uma palavra em alemão. Ela repetiu, enfatizando: "Nem uma!" Meu pai retrucou:
"Acho você uma mulher simpática. Mais eu não posso dizer a respeito."
Segundo Daniela, a convivência com papai não era um problema. Ela dizia que era preciso ter, principalmente, paciência. Se ele não queria se le-

vantar, tudo bem, ela tinha tempo e esperava um pouco. E tudo bem quando ele não queria fazer a barba, pois em geral meia hora depois ele tinha se esquecido de sua resistência de há pouco. Ela tinha 24 horas para esperar.

A maioria das outras acompanhantes não se dava tão bem com ele. Elas ficavam nervosas com sua resistência. Papai tinha muita facilidade em perceber o nervosismo, pois ele não sabia valorizar de maneira alguma os cuidados com os quais queríamos tratá-lo. Por conta de acontecimentos bastante desalentadores, o desconforto de todas as partes aumentava cada vez mais. E embora nós aumentássemos consideravelmente o apoio por meio da família nesses momentos, eram cada vez mais frequentes os dias em que todos estavam no ponto para uma camisa de força. Às vezes, eu achava que estava correndo até mesmo debaixo do chuveiro e, certa vez, ao passar por um baú de roupas, tive necessidade de me sentar lá dentro. À noite, ao olhar para o futuro incerto do dia seguinte com os olhos inchados e insones, lembrava-me da expressão latina *nox est perpetua*: a noite não tem fim.

Vez ou outra surgia algo parecido com uma esperança. Mas as pausas entre as explosões eram cada vez mais curtas, não havia como contê-las. Num clima de imprevisibilidade, a tensão era parcialmente incontrolável — ter de assistir a todo esse sofrimento geral era terrível. Os relacionamentos caóticos entre papai e cada uma de suas acompanhantes eram um alimento extra à doença. As acompanhantes alcançavam rapidamente seus limites de pressão, o que tinha um efeito negativo sobre papai. A espiral descendente girava.

Começava já pela manhã, contentá-lo era impossível. A primeira coisa que papai dizia era algo do gênero:

"Se você soubesse como sou maltratado aqui."

Esse tom não mudava em nada ao longo do dia. A música era algo que ele tinha de aturar, o almoço tinha uma característica da qual ele não gostava. Ele dizia:

"Acho que não vou comer isso."

Certa vez, ele se levantou depois de comer e foi ao caramanchão urinar no vaso do cacto grande de Werner. Escutei o barulho, fui correndo até lá e disse que ele não podia fazer isso. Ele respondeu:

"Claro que posso. Esse é o castigo pelo que elas estão fazendo comigo. Elas mereciam um castigo muito pior."

O pior eram as noites nas quais ele acordava e começava a procurar pelos filhos. Esse padrão se repetia com uma regularidade surpreendente e, para mim, inexplicável. Nesses momentos, papai ficava inconsolável, muito abalado, em profundo desespero. Era como se estivesse errando entre casas bombardeadas durante a guerra, à procura de algum sinal de vida. Às vezes ele se acalmava, quando dizíamos que os filhos chegariam pela manhã. Às vezes ele passava metade da noite procurando, até adormecer, exausto. Durante o dia, a procura continuava, quatro crianças pequenas que não estavam deitadas em suas camas, que não se escondiam debaixo delas, que não estavam dentro da banheira e não davam risadinhas nas caixas atrás das camisas. Papai ficava muito infeliz ao não encontrar nenhum de seus filhos.

Ele dizia:

"Eles foram levados e ninguém os viu mais. Procurei muito tempo por eles, entrei em contato com todas as instâncias possíveis para pedir ajuda. Agora não tenho mais esperanças de revê-los algum dia."

Quando lhe disse que achava que eles estavam em segurança, que iriam se casar e teriam os próprios filhos, ele falou:

"Tudo o que você diz é possível. Mas eu não acredito."

Ele franziu as sobrancelhas, como se quisesse se lembrar de algo, depois me apontou novamente com o indicador o armário do cômodo e supôs que aquela era a direção na qual as crianças tinham sido levadas, quando sequestradas.

"Onde será que podem ter ido? Elas desapareceram — sumiram — desapareceram — sumiram."

Teria dado certo com Vlasta, mas daí sua mãe adoeceu; esta ligou dizendo que não era certo que Vlasta cuidasse de estranhos na Áustria, enquanto ela estava doente em casa.

Anna era muito inteligente e se esforçava ao máximo, mas mesmo assim não entrou em sintonia com papai. Era quase uma maldição. Durante os passeios, quando eles encontravam com conhecidos que perguntavam a meu pai quem era ela, ele respondia dizendo que se tratava de uma vaca estúpida que o irritava o tempo todo.

Certa vez — essa foi a pior —, ele imitou para Anna os gestos da decapitação. Ela ficou com medo, e ele ainda foi à gaveta e pegou uma faca. Escondi meu constrangimento e disse que isso não era para ser levado a sério. Mas será que eu tinha certeza? Por isso, acrescentei:

"Ele é um homem doente, não custa tomar precauções. Na pior das hipóteses, ele não é nem muito forte nem muito rápido."

Muito reconfortante!

O diabólico era o seguinte: assim que uma acompanhante com a qual ele não se dava saía de casa e Daniela ou minha mãe assumiam o barco, depois de dois ou três dias papai ficava calmo feito um cordeirinho, equilibrado, alegre, tranquilo, amistoso, a simpatia em pessoa. Daí escutávamos o tempo todo as conhecidas observações curiosas:

"Você está satisfeito, August?"
"Eu sempre estou satisfeito. Eu já era satisfeito quando bebê."

Não sei como isso vai continuar.
Vou me ocupar de tudo.
Vocês não podem me esquecer. Isso seria injusto.
Não vamos fazer isso.
Ei, mas isso não é tão simples assim!
Com certeza, mas de maneira nenhuma vamos nos esquecer de você.

A doença de Alzheimer já atormentava papai há mais de uma década. As várias imagens do cérebro que o neurologista produzia mostravam toda a dimensão do estrago. Apesar disso, papai saía quase diariamente de sua doença e perguntava de um ou outro jeito:

"O que aconteceu com a minha cabeça?" Ele dava uns tapinhas contra a testa. "Tem algo de errado aqui. Você pode me dizer como conseguimos consertar isso?"

Então ele me encarava, pedindo por ajuda, e ficava decepcionado quando eu respondia sem muita convicção:

"A ajuda vem de Bregenz."

Essa foi a anotação de Franz Kafka em seu diário, exatamente quase dez anos antes do nascimento de meu pai, em 6 de julho de 1916. E papai devia se sentir como um herói kafkiano, embora pudesse enxergar Bregenz do jardim de sua casa.

Kafka prosseguiu:

E quando o doente repuxou os olhos, com esforço, o médico acrescentou: "Bregenz fica em Vorarlberg." "Isso é longe", disse o doente.

Bregenz também era longe para papai, pelo menos em relação ao pouco que era possível ajudá-lo. Nos seus momentos de lucidez, ele pedia por um cérebro que funcionasse — mas a melhora não veio. Bater com o punho contra a cabeça não tinha o mesmo efeito que em minha infância, quando papai se levantava e dava um soco na televisão porque a imagem tinha começado a rolar.

Num dia frio no início de 2009, Daniela aprontou papai para um passeio. Ele já estava calçando sapatos fechados e um casaco. Daniela lhe colocou o chapéu e disse:

"Aqui está o seu chapéu."

"Tudo certo. Mas onde está o meu cérebro?"

"Seu cérebro está debaixo do seu chapéu", eu disse da cozinha.

Papai tirou o chapéu, olhou dentro dele e retrucou: "Mas isso seria um milagre." Ele hesitou, pensou e, ao recolocar o chapéu, perguntou timidamente: "Está mesmo debaixo do chapéu?"

"Sim, ele está exatamente onde deve estar", falei.

Ele arqueou as sobrancelhas e, atarantado, seguiu Daniela até a porta.

Momentos como esse eram frequentes e até soam bem quando eu os conto, um tanto engraçados e também bizarros. Mas se prestarmos bastante atenção, perceberemos ao lado do humor, que é libertador, a inquietação e o desespero. E a graça se tornava cada vez mais rara.

Muita coisa era difícil porque papai não compreendia sua utilidade. Ele ficava irritado por ter de tomar remédios que não tinham um gosto bom. Ele não sabia que ficaria ainda pior sem eles. Por isso, brigava comigo:

"Você não pode fazer isso comigo!"

"Mas é só para o seu bem."

"Qualquer um pode afirmar isso!", ele retrucava, ríspido. "Não ache que eu vou deixar me enganar por um sujeito tão ladino como você. Conheço seus joguinhos sujos."

Claro que eu tinha consciência de que era sua doença falando. Apesar disso, muitas vezes era amargo ser afrontado de maneira tão injusta — e muito mais amargo para pessoas inexperientes no assunto, que não conheciam meu pai tão bem e eram menos comprometidas com ele.

"Saia daqui! Se você não me deixar em paz, vou pegar um revólver e arrancar sua bunda com um tiro!"

Foi o que ele me disse. Tive vontade de rir porque me lembrou de minha infância, quando eu ameaçava outras crianças com meu irmão mais velho. Mas uma ou outra acompanhante de papai tinha dificuldade de filtrar de tais sentenças apenas a simples mensagem de que papai preferia não ser incomodado num mundo composto por rostos estranhos.

Daniela ficou conosco por quase três anos. Ela jurou até o fim que não seria fácil encontrar um emprego no qual se sentisse tão bem. Para ela, embora papai fosse uma pessoa doente, era inteligente e sempre disposto a brincadeiras. Seu cérebro lhe pregava peças, mas ela o conhecia há bastante tempo para saber que ele era realmente um *pobre coitado* inofensivo.

A cada três semanas Daniela tinha de ser rendida a fim de poder ir para casa, na Eslováquia. Infelizmente, durante dois anos nenhuma de suas colegas conseguiu criar um relacionamento tão bom com papai. Essas acompanhantes permaneciam pouco tempo, e na maioria dos casos eu conseguia entender.

Eram demasiadas as ocasiões em que papai se comportava de maneira a afastar todos de si e se recusava, de manhã até a noite, a fazer as coisas. Ele tinha a tendência de mandar embora as pessoas que lhe eram estranhas e que o confundiam. A maioria de suas acompanhantes falava demais e com um tom errado na voz, como se estivessem falando com uma criança. E como papai continuava sendo uma pessoa marcante, com sua cabeça grande e seu rosto muito expressivo, ele intimidava suas acompanhantes. Às vezes, quando se sentia ameaçado, ele as empurrava para longe.

Nessa hora, não adiantava nada afirmar que, na realidade, papai era simpático. E também eram inúteis os conselhos de sair de seu caminho quando ele não estava de bom humor.

Isso é fácil de se dizer. As acompanhantes não eram profissionais especializadas e não é qualquer um que é naturalmente habilidoso para lidar com a demência. Eva, a neta mais nova de papai, era o melhor exemplo. Ela não conhecera o avô sem Alzheimer, e o afeto com o qual ela se dirigia a ele tinha tamanha franqueza que era naturalmente correspondido. Como a menina era livre em sua cabeça, papai também o era na presença dela.

Algo semelhante valia para Daniela. Desde o início, ela também se entendeu muito bem com ele, tratava-o de maneira totalmente relaxada e ele parecia estar quase um pouco apaixonado — de todo modo, ele me enxotava com frequência quando Daniela estava presente. Ela lhe dava o cesto de compras para carregar, deixava-o empurrar a bicicleta dela; ele ensinou alemão a ela, orientando-a durante horas em pronúncia e gramática, ao mesmo tempo em que não conseguiria dizer o nome de seus quatro filhos. Perguntado porque se dedicava tanto, ele respondeu que agia assim para que ela ficasse com ele.

Desse modo, a decisão tomada em março de 2009 de transferir papai para o asilo foi motivo de choro pelo menos para a grande mulher loira de Nitra, Eslováquia. Anna tinha jogado a toalha depois de somente um dia de trabalho, e, tendo em vista as experiências de anos anteriores, a esperança de que a casa voltasse a funcionar direito estava longe de qualquer probabilidade. Os dias marcados por recusas, que se repetiam cada vez mais, foram a gota d'água.

O senso comum determina que a consciência pese quando nos decidimos a internar um familiar próximo num asilo. E é evidente que uma tal decisão traz insegurança. Ao mesmo tempo, não custa nada pôr as convenções em xeque. O asilo municipal de idosos dispõe de funcionários qualificados, com boas condições de trabalho. Problemas que possam surgir têm chance de serem discutidos entre eles. Lá papai é conhecido — e não apenas porque está doente. Lá é visto como uma pessoa em sua inteireza, alguém com uma vida longa, alguém com uma infância e juventude, que se chama August Geiger há mais de oitenta anos e não de quando ficou doente pra cá.

Em casa, cuidados nesse nível não eram mais possíveis, apesar do forte apoio da família. Aceitar a derrota também pode ser uma vitória. Não adiantaria de nada se os outros membros da família fossem prejudicados. Durante anos, tudo tinha girado em torno do pai doente. Quem tivesse problemas particulares precisava achar uma maneira de resolvê-los sozinho. Foi extenuante o suficiente pensar dia e noite, quase sem parar. A pergunta constante: o que nos aguarda? Os limites do suportável tinham sido ultrapassados.

E, se não bastasse, papai também não se sentia mais em casa.

O último dia em casa começou para papai como qualquer outro dos anteriores, desde sua mudança ocasionada pelos remédios — não havia nem mais sinal de sua resistência. Ele se levantava, se secava sozinho depois do banho e daí tomava o café da manhã, devagar e satisfeito. Era uma manhã quente, ensolarada, por isso mamãe — que tinha vindo cuidar de papai depois da desistência de Anna — levou-o até sua cadeira de jardim diante da casa. De lá, ele trocou algumas palavras com os vizinhos que passavam, enquanto mamãe costurava etiquetas com nome nas roupas dele, até nos lenços.

No almoço, ele comeu *Käsknöpfle*, pequenos nhoques de farinha com cebolas, depois se deitou na sala, adormecendo logo em seguida. Ele acordou novamente por volta das três, tomou chá e ajudou a carregar sua mala para o carro. Em seguida, entrou e mamãe levou-o ao asilo.

Um antigo vereador do município estava sentado diante da entrada; ele se ergueu e segurou a porta aberta, parecendo saber que o dispositivo automático não funcionava. Papai não o reconheceu, apenas o cumprimentou.

Uma pequena mulher estava deitada sobre o sofá no saguão, papai disse "Aleluia!" e ergueu a mão. Ele foi até a mulher, pegou-a pela mão e, juntos, os dois seguiram minha mãe até a sala de espera da área privativa. A chefe do setor cumprimentou papai e lhe mostrou seu quarto, também os retratos de seus avós, que já estavam pendurados lá. Ele disse que achava já ter visto essa gente, mas não a conhecia. A chefe fez mais algumas perguntas sobre seus hábitos e a medicação. Então ela saiu com papai até o jardim, ele se sentou com os outros moradores à sombra e parecia se sentir à vontade. Depois de algum tempo, minha mãe se despediu, meu pai levantou o braço e acenou.

Quando fui visitá-lo alguns dias depois, ele estava sentado sozinho à sua mesa, cantando. Esperei um pouco e me juntei a ele, conversamos e brincamos de queda de braço. Ele levou a coisa a sério, seu rosto murcho se tensionou num sorriso feliz, ele estava nitidamente animado e não parecia estar vivendo por obrigação. Sua vivacidade não era justificada pelo seu estado de saúde. E daí?

Disse a ele:

"Você é mesmo muito forte."

Ele sorriu mais uma vez e respondeu:

"Não consigo mais jogar ninguém na neve, mas também não sou nenhum *frangote*. Era o que eu queria mostrar para você, ou não teria feito."

Logo em seguida, ele acrescentou:

"Não temos outra opção senão nos defender. Caso contrário, seremos uns pobres coitados."

O mal de Alzheimer certamente não trouxe nenhuma vantagem para papai, mas ainda há muito o que seus filhos e netos possam aprender. Afinal, a tarefa dos pais consiste em ensinar algo aos filhos.

A idade da última etapa da vida é uma forma cultural que se modifica constantemente e precisa ser reaprendida o tempo todo. E quando chegar o tempo em que papai não conseguir ensinar mais nada aos filhos, então pelo menos conseguirá ensinar o que é ser velho e doente. Caso as condições sejam boas, isso também pode significar paternidade e filiação. Pois somente em vida podemos acertar as contas com a morte.

Alexandra conta que seu avô afirmava estar sendo maltratado. Ao visitá-lo, a mãe de Alexandra tentou tirar essa ideia de sua cabeça. Um pouco mais tarde, veio uma enfermeira para trocar a máscara pela qual ele recebia o oxigênio. A enfermeira disse:
"Senhor Berlinger, vou meter agora essa mangueirinha no seu nariz, vai coçar um pouco."
Em seguida, o avô olhou para a nora, assentiu diversas vezes e falou num misto de indignação e franqueza:
"Viu só... eles me fazem cócegas!"

A avó da tia Marianne também ficou demente e repetia o tempo todo:
"Minha cabeça parece que está num barril de manteiga, não para quieta, e mesmo assim nunca consigo produzir a manteiga."
Tia Marianne, a mais velha de sete filhos, teve de dormir na casa da avó até que esta, chamada de Nana, começou a falar coisas estranhas. Nana desenvolveu um delírio religioso. Certa vez o padre passou para uma visita, entrou no quarto e Nana disse: "Este padre medonho não entra aqui! Satã disfarçado!"

Katharina conta de seu avô, que também era demente. Quando o filho mais velho foi visitá-lo de bicicleta, o avô esperou por um momento em que ninguém o observava, esgueirou-se até a bicicleta, subiu nela e saiu pedalando, triunfante.

Liliane conta de sua mãe, que tinha Alzheimer. Vez ou outra, a mãe olhava para ela e perguntava:
"Já morri?"
Certa vez, a mãe pediu para Liliane:
"Por favor, quando eu estiver morta, me avise."
Liliane assegurou-lhe:
"Claro, mamãe, quando você estiver morta, eu conto."

Wolfgang conta que sua avó estava muito velha e tomava fortificantes. Na geladeira havia uma garrafa de lecitina, chamada Buerlecithin. Mais de uma vez ela foi até a geladeira, pegou sem pestanejar a garrafa de aguardente de cereais, Doornkaat, que ficava ao lado da lecitina, abriu-a e tomou um bom gole. Ela disse: "Hoje está com um gosto estranho". Então tomou um segundo gole para se certificar.

Norbert conta de um amigo, cuja mãe tem Alzheimer. Há tempos ela não reconhece mais o filho. Mas quando ele mostra uma foto de si mesmo para a mãe, ela diz: "Esse é o meu filho!" O mesmo acontece com fotos novas: "Esse é o meu filho!" Mas a pessoa ao seu lado lhe é estranha.

Wilhelm conta de um amigo que, ao longo dos anos, foi perdendo suas habilidades, mas que até o fim dava um jeito de chegar à escrivaninha às três da manhã; chegando lá... não sabia mais o que fazer. Durante o dia, o amigo ficava sentado, enrolava as cartas do jogo de paciência e queria acendê-las feito cigarros.

Ursula conta de seu tio-avô, August Fischer, contemporâneo da mãe de meu pai. Em seus últimos anos de vida, Ursula o buscava vez ou outra aos domingos, no asilo, para algumas visitas em Obersfeld. Certa vez, depois de algumas horas, quando era o momento de voltar, ele perguntou:

"Tenho de voltar ao campo de concentração?"

Esse tio-avô tinha sido uma atração durante a minha infância. No começo da Oberfeldgasse, um pouco antes de a rua despencar abruptamente em direção à praça da igreja, havia um poço com uma bacia de madeira podre, da qual a água da fonte caía incessantemente. O tio-avô, solteirão, se deitava nessa bacia pelas manhãs, tanto no verão quanto no inverno, convencido de que a atitude o manteria saudável. Realmente, depois da morte de minha avó, ele se tornou o último sobrevivente dos nascidos em Wolfurt em 1898. Quando éramos crianças, no caminho para o jardim de infância e a escola, assistíamos, fascinados, a ele bufando e se sacudindo dentro da água sempre gelada da fonte que nascia na floresta Ippachwald.

Christian conta de uma velha vizinha que certa vez não encontrou o interruptor da luz do pátio. Por causa disso, ela foi até a porta e quebrou a lâmpada com a bengala.

A DOENÇA ESCONDEU AS GARRAS mais uma vez. Papai não mostrava mais qualquer indício da tensão e da agitação dos últimos meses; todos os dias eu tinha a impressão de que ele se sentia bem. Ele estava disposto a fazer piadas, bancava o palhaço, sorria para seu interlocutor, era atento e receptivo.

Sua disposição era espontânea, ele não parecia de maneira alguma entorpecido por remédios. Ele lidava com sua situação de maneira positiva, achava graça das próprias gracinhas e dava bons conselhos a todos que os queriam escutar. Para Werner, ele disse:

"De mim, você só vai aprender."

Distúrbios de percepção continuaram a se manifestar, ele alucinava, mas de maneira mais controlada.

"Você também viu os homenzinhos?", ele perguntou para Katharina.

"Sim, claro, eles acabaram de dobrar a esquina."

E tornava a repetir.

No caso das alucinações mais graves, fora do padrão, Eva era chamada. Ela ia até o avô, abraçava-o e logo o mundo tinha recuperado sua ordem. Todos riam, maravilhados.

Papai tinha muitas reclamações em relação às suas competências. Ele reclamava ser um "bobo", mas às vezes dizia:

"Eu não sou tããão idiota assim a ponto de não conseguir fazer nada."

Suas fraquezas também lhe faziam relembrar o passado, onde tivera "alegrias que lhe davam orgulho".

"Antigamente, quando eu fazia algo bom, ficava feliz. Eu não era obcecado por todos esses trabalhos, mas eu sabia que eram importantes e não havia quase ninguém tão bom nessas coisas quanto eu. Eu sempre resolvia tudo num piscar de olhos, onde quer que estivesse. Isso nem sempre era bom, mas confortável. E você sempre gostou que eu dirigisse."

"Sempre gostei que você dirigisse."

"Você acha graça, mas nós realmente éramos uma dupla no carro. Se não tivéssemos um ao outro, facilmente nos abateriam a tiros. Não eram apenas coisas que podiam ser resolvidas com um manual, só consegui resolver metade das coisas a partir das instruções. Mas não todas. Eu fiquei orgulhoso por causa disso, sabe, eram coisas das quais apenas uma minoria conseguiria ter tirado um proveito maior. Mas nós, sim! E fiquei feliz porque eu sabia que era capaz, era capaz de fazer coisas nas quais era preciso trabalhar com a cabeça. Eu me encarregava dessas coisas — e sempre davam certo! Minha especialidade era a de colocar as coisas complicadas na direção certa. De dar um jeito de contornar todas as armadilhas. E você viu como eu mantinha o bom humor, pois qualquer outro teria ficado desesperançado. Vocês certamente perceberam que eu gostava de fazer isso e que eu era bom nisso, não é? Sei que não sobrou muito mais disso. Ainda tenho umas coisinhas, mas são tantas quanto quase *zero*. Mas as atividades de antes, coisas bem diferentes, elas eram boas. Não sei quem as trazia, quem participava. Acho que você participava. E Emil. E eu, eu logo dava um jeito — e era o próximo da fila. Se eu penso no trabalho que dava! E quando dava certo, meu Deus, como isso me fortalecia!" Ele cerrou os punhos e trouxe-os para perto do peito, sorrindo. "Sabe, eu não me considerava necessariamente um idiota, sabia que se me esforçasse conseguiria alcançar alguma coisa. E uma vez alguém me elogiou. Fiquei orgulhoso. Porque eu já era inteligente o suficiente para ter pensado: *Ei! Foi um gol de placa!*"

Certa ocasião, ele disse:

"A *maré de sorte* que tivemos não foi apenas obra do acaso... as brancas nuvens sempre estão presentes. Mas nem todas as marés de sorte vêm em brancas nuvens. Nós, sim", ele passou o polegar direito sobre as pontas do indicador e do dedo médio, "éramos mais capazes do que os outros. Por essa razão não podíamos nos queixar".

Na verdade, eu realmente não me queixava, pois conseguia olhar novamente com confiança para o futuro. Todas as tensões pareciam ter sido sopradas para longe, meus relacionamentos familiares, particulares, profissionais estavam muito bem-resolvidos, algo incomum para mim. Era o momento de uma pausa para respirar. Estávamos novamente com os pés no chão.

Antes, os dias acabavam geralmente com decepções, principalmente durante minhas estadas em Wolfurt. Os pensamentos noturnos exerciam um poder sombrio sobre mim — já pela manhã eu me sentia combalido e na hora do almoço, completamente exausto. Mesmo em Viena, bem longe de Wolfurt, não fazia muito bem lembrar de casa. Agora, ao contrário, o cotidiano parecia transcorrer normalmente de novo e eu me alegrava pelas semanas de verão que passaria na casa de meus pais como recompensa por um inverno e uma primavera terríveis.

Eu conseguira escrever meu quinto romance e uma leveza, há muito não experimentada, tomou conta de mim. Tomei consciência disso no mais tardar no dia de minha chegada, quando já tinha subido no galho mais alto da árvore da igreja. Não repetira esse feito desde que quebrara três costelas num número circense parecido.

Que libertação, sentir a alegria de viver novamente. Acordar pela manhã e saber que estaria em condições de aproveitar o dia — era uma mudança fundamental.

Nos anos anteriores, nunca me senti com vontade de fazer muita coisa em Wolfurt. Como os incidentes podiam ocorrer a qualquer momento, eu me sentia preso à casa. Os dias se passavam um após outro, lentos e, mesmo assim, imprevisíveis, motivo pelo qual eu pouco aparecia no vilarejo. Agora, porém, dispunha não somente de tempo, mas também de energia. Liguei para os irmãos e antigos colegas de trabalho de papai e disse que queria conversar com eles sobre um livro que iria escrever.

As conversas aconteciam geralmente à noite. Durante o dia, eu visitava papai uma ou duas vezes.

Desde o primeiro dia ele estava equilibrado, relaxado e atento. Perguntava como me sentia e queria saber dos meus planos. Ele próprio estava satisfeito no geral, mas esperava pelo momento certo para dar no pé.

Ele disse, com um ar de conspiração:

"Você não vai mais me ver por aqui."

Ele se reclinou e riu para si próprio.

Ele havia emagrecido e suas roupas estavam folgadas. Seu manequim tinha mudado, mas as camisas eram as mesmas. Continuava habilidoso. Enxerguei uma beleza extraordinária quando ele abriu ou fechou com dois dedos o botão superior de sua camisa, casualmente, sem interromper o fluxo de seus pensamentos. Eu gostava de papai como um todo, como ser humano. Achei que estava com a aparência boa, ele estava bem. Lembrei-me da expressão *encerrar algo com beleza*.

Se continuasse assim, no final ele corresponderia a algo que li certa vez num romance de Thomas Hardy. Um homem velho se aproximava da morte como uma hipérbole se aproximava das retas, mudando a direção tão lentamente que, apesar da maior proximidade, era incerto se ambas iriam se tocar alguma vez. A intenção do meu pai realmente era a de viver mais um pouquinho. Nesse ponto, sua posição era clara.

Era uma terça-feira, quando entrei na sala de espera do asilo no meio da tarde. Papai estava sentado à mesa com outro interno, a quem ele perguntara poucos dias antes:
"E quem é você?"
"Sou o Ferde", o homem respondeu.
Papai sorriu e retrucou.
"Acho que você é, sim, como o cavalinho Pferdle da televisão."*
Ambos conversaram durante um bom tempo. Percebi, com espanto e alegria, que aquilo que eles produziam era um bom bate-papo, ambos interessados um no outro, apesar das limitações ocasionadas pelas restrições naturais a cada enfermidade.

---

* Brincadeira com o nome "Ferde" e a palavra "Pferd" (cavalo). "Pferdle", como está na fala original de August Geiger, era o nome de um cavalinho de desenho animado que aparecia num canal da televisão alemã.

Ferde disse que tinha estado lá em cima com são Pedro, um lugar muito bonito, com uma porção de apartamentos novos. Papai respondeu:

"Não é isso que me interessa, preferiria passear um pouco e tentar encontrar alguém para conversar."

Ferde: "Evidente que lá em cima não dá para fazer isso."

Enquanto papai e Ferde conversavam, duas mulheres chamavam pela enfermeira, uma e depois a outra, pedindo ajuda e outras coisas. Papai ignorou os pedidos de ajuda ou nem tomou consciência deles, não sei. Não era possível perceber qualquer mudança na sua expressão animada; ele também não virou a cabeça, estava totalmente concentrado em Ferde e em mim, e só foi prestar atenção naquilo que se passava às suas costas quando Ferde se dirigiu às mulheres. De maneira enérgica e poucas palavras, Ferde fez comentários ácidos para as mulheres, algo como o Schopenhauer local.

"Ajuda! Ajuda! Ninguém pode me ajudar?"
"Fique quieta aí!"
"Quero ir para casa!"
"Então peça um táxi!"
"Preciso de um médico!"
"Ele já encerrou o expediente!"
"Caro doutor!"
"Ele já está em casa com sua amada!"

"Preciso de ajuda!"

"Ninguém pode mais lhe ajudar."

A mulher, envergonhada: "Ah, eu não sabia disso..."

O que me espantou: ambas as mulheres, embora fossem de Wolfurt e das redondezas, expressavam suas queixas num alemão da norma mais culta, como se quisessem, assim, sublinhar a seriedade de suas necessidades.

Em geral, papai também conversava com Ferde sem fazer uso da norma culta, mas totalmente relaxado, como se estivesse preocupado apenas com a seriedade dos temas.

Na mesa às costas de meu pai, duas mulheres liam o jornal sem se impressionar com a cena. Para mim era inquietante que alguém estivesse implorando por ajuda e Ferde soltasse suas exclamações. Mas como os acompanhantes e os outros moradores pareciam achar que a situação era normalíssima, tentei me comportar da mesma maneira.

Fiquei um pouco indignado quando uma das mulheres que liam jornal se pôs a dizer, quando papai cantarolava uma musiquinha:

"Ei! Ei! Ele tem de ficar quieto!"

Nesse momento meu pai falou para Ferde:

"Os tempos mudam, mas isso não vai durar muito."

Ele se expressou com decisão, num tom de voz entre o lamento e o fatalismo.

Ferde: "Eu poderia subir todas as montanhas. Gostaria de voltar mais uma vez aos Alpes. E depois descer Rickatschwende."

Papai: "Eu não vou junto."

Ferde: "E por que não?"

Papai: "Porque não sou nada."

Ferde: "Você ainda é tudo isso."

Papai sorriu: "Não acredito."

Ferde: "Basta querer."

Papai: "A vontade não é grande em mim. Mas tenho esperança. Fui alguém que andou muito na vida."

Ferde disse algo que não ouvi. Dava para ver que papai tinha ficado indeciso, e retrucou:

"Bom, agora sei disso. E o que faremos agora? Rezar o terço?"

Ferde: "Não!"

Papai: "Demoraria muito."

Ferde: "E não adiantaria de nada. Você sabe mesmo rezar o terço?"

Papai: "Acho que sim."

Ferde: "Como é? Mostre!"

Papai balançou a cabeça e mudou de assunto.

Quando eles retomaram o assunto de papai não ser mais muita coisa e que a situação não iria se prolongar por muito tempo, Ferde disse:

"Sim, então eles te metem na caixa e despacham para a terra dos pés juntos."

Papai: "Eu preferiria *papagaiar* mais um pouco. Sabe, não consigo mais abrir caminhos. Mas posso ir aqui e acolá, dá para ver umas coisas e aprender outras."

Ferde falou novamente que tinha estado com são Pedro lá no alto e dera uma olhada no lugar. Ele gostou dali, mas são Pedro lhe disse que ele, Ferde, não estava na lista.

Ferde disse: "Lá em cima tem uma porção de apartamentos novos. Você tem de ir para lá."

Papai repetiu: "Não é isso que me interessa, preferiria dar uma caminhada e ficar apreciando a paisagem."

Ferde: "Você também está quite com a vida."

Papai: "E você? Você quer continuar assim por mais um tempinho?"

Ferde, sorrindo: "Alguns aninhos até que cairiam bem."

Papai: "Sim, dá para ver que você ainda é bem forte."

Papai abriu o botão superior de sua camisa de flanela azul com algumas estampas. Quando o botão estava aberto, ele ajeitou o colarinho de tal maneira que ficasse bem solto. Sorrindo, ele disse:

"Preciso deixar arejar um pouco."

À mesma mesa, estava sentado um homem magro numa cadeira de rodas. Ele passava a maior parte do tempo movimentando os pés devagar, como se desse passos, enquanto seu rosto e seu tronco permaneciam imóveis. Papai falava vez ou outra para ele, um pouco espantado:

"Isso que você está fazendo não é muito produtivo."

Ferde: "Ele corre o dia inteiro, mas na cabeça; ele atravessa correndo a Áustria inteira num dia."

Papai: "No meu caso, as partes inferiores estão flácidas", ele tocou as coxas. "As partes inferiores são decisivas para mim."

Ferde: "Suas partes inferiores estão intactas."

Papai: "Acho que sim."

Ferde: "Qual é sua idade, August?"

Papai: "Eu deveria saber?"

Ferde: "Na verdade, sim."

Ajudei papai e disse que ele estava para completar 83 anos. Ele agradeceu calorosamente:

"Ei, obrigado. Foi muita gentileza sua. Estou em dívida com você."

Ferde: "Afinal não temos mais vinte anos."

Papai: "Minha mãe também ainda está bem. Mas de resto..."

A mulher deitada no sofá chamou:

"Santa enfermeira! Santa enfermeira! Santa enfermeira! Venha me ajudar!"

Ferde: "Hoje em dia as enfermeiras não são mais santas!"

Outra mulher: "Estou tão cansada! Estou tão cansada!"

Ferde: "Então vá dormir! Vá para o seu quarto dormir!"

Mulher no sofá: "Mas eu não fiz nada! Santo Deus, me ajude! Santo Deus!"

Ferde: "Dê-nos a graça!"

Papai, surpreso e feliz: "Verdade?"

Mulher: "Por quê? Por quê?"

Ferde: "Por que não?"

Papai: "Você rezaria até um pai-nosso se eles deixassem você trabalhar. Você parece ser bem forte ainda e parece também que ainda gostaria."

Ferde: "Sim, eu bem que gostaria."

Papai, fazendo uma constatação: "Você ainda é bem forte e resistente".

Ferde, sorrindo: "Eu me tornei resistente!"

Ele contou que pela manhã tinha sido levado de ambulância até o hospital de Feldkirch. E que ficou com vontade de dizer ao motorista, um jovenzinho inexperiente: "Saia daí, me deixe assumir o volante!"

Ambos conversaram sobre fugir. Daí Ferde recomeçou a história de que tinha acabado de estar lá no alto com são Pedro, mas que ainda não constava da sua lista.

"Eu bem que teria gostado lá de cima."

Papai: "Sim, a situação lá no alto certamente deve ser bem boa. Apesar disso, prefiro Wolfurt."

Quando a comida foi servida e eu me despedi, papai me disse:

"Sim, vá para casa. Só posso te dar um conselho: ficar em casa e não ir adiante."

Quando entrei pela primeira vez no asilo, senti compaixão por todas as pessoas que tinham vivido, que viviam e que ainda iriam viver. Mas com o tempo acostumei-me a essa situação bizarra e, por fim, deixei de achar esse modo de vida mais estranho do que outros modos de vida. Por causa das constantes repetições, via de regra a movimentação reinante era tranquila e contínua. Os sons guturais e os chamados roucos de um dos moradores, que no começo tinham me irritado, passaram a soar familiares e agradáveis depois que conheci a essência amorosa dessa pessoa.

Meus irmãos não suportavam direito o clima na sala de estar do asilo, eles levavam papai para fora tantas vezes quanto fosse possível. Quando eu pedia para que minha irmã contasse um pouco sobre suas muitas visitas, ela se negava dizendo que a minha estratégia era falar a respeito e que a dela era a de reprimir imediatamente tudo o que havia visto por lá. Ela ficava aliviada por ter esquecido de tudo cinco minutos após ter fechado a porta atrás de si — quanto antes, melhor —, na sua opinião o asilo não era interessante, mas de chorar. Segundo ela, ler o que eu escrevia não tinha problema, dava até para sorrir. Mas a situação em si era um horror.

Meu irmão mais novo disse que era melhor ele nem ir até lá porque não era capaz de suportar, então ele simplesmente não o fazia. Não era o único. Levávamos papai com regularidade para Oberfeld.

As pessoas são diferentes, ou como papai diria: *Afinal, Deus, nosso Senhor, alberga os mais diversos hóspedes.* O ambiente do asilo me passava uma impressão simpática e enriquecedora, os funcionários eram solícitos e tranquilos, as mulheres eram do vilarejo, todas se tratavam com informalidade. A maioria dos moradores esbanjava vida, de uma maneira muito simples. E quando o mundo lá fora não os considerava mais como seus iguais, eu era da opinião que eles combinavam muito bem comigo.

Justo na minha última visita no final do verão, papai não estava bem. Uma acompanhante originária das Filipinas recepcionou-me ainda antes da entrada com as palavras:

"Ah, que bom, Arno chegou. Há horas que August quer ir para casa."

Fui até ele e o trouxe para fora, no jardim. Ele disse que estava muito triste com sua situação, que nada dava certo para ele. Que não avançava nem um passo em seu esforço de ir para casa. Sua cabeça pendia e sua voz soava lamuriosa, talvez isso tivesse relação com o fato de ele ter ido duas vezes no fim de semana a Oberfeld e de, no dia anterior, ter encontrado com seus irmãos na casa dos pais. Tia Marianne, a mulher de Robert, me contou que tinha sido maravilhoso, todos ficaram felizes em vê-lo e eles também não tiveram de *quebrar a cabeça* sobre o que falar. Afinal, não é preciso fazer muita força para Paul conversar. August escutou Paul o tempo todo, fascinado e atento.

Agora, nessa minha visita à noite, meu pai estava me tomando por esse Paul, me perguntou repetidas vezes como seria dali em diante, se eu podia ajudá-lo a chegar em casa; ele estava totalmente apático de sofrimento e repetia o tempo todo quanto estava triste. Esforcei-me em acalmá-lo, não tínhamos pressa, ficaríamos sentados ali mais um pouquinho, então iríamos embora. Ele perguntou, espantado e com uma certa vergonha, se realmente iríamos para casa. Eu confirmei, sim, nós esperaríamos por Helga e em seguida nos poríamos a caminho.

Ele tocou duas ou três vezes meu rosto com a palma da mão, bem de leve, e agradeceu, minhas informações o deixavam muito feliz. Eu tinha trazido uma tigela com amoras e fui lhe dando uma depois da outra. Mais tarde, fomos até seu quarto e ouvimos música. Nos intervalos, conversávamos um pouco, ele continuava inconsolável, mas estava aliviado por ter um irmão ao lado. Depois de algum tempo, fiquei com a sensação de que ele tinha se acalmado e não pensava mais tanto em voltar para casa. E já que o horário de dormir se aproximava e eu tinha de fazer as malas para a viagem, simplesmente segui meu rumo. Não tive coragem de me despedir, saí sem dizer uma palavra e me senti muito mal. Eu caminhava pelo corredor, mas queria mesmo era correr de volta. E pensei na expressão *romper laços*.

Essa é sua oficina. Ela te lembra alguma coisa?
Sim, guardamos muitas coisas aí porque pensávamos que ainda seriam úteis. Está cheia de coisas antigas. E você, trabalha?
Às vezes eu venho buscar uma chave de fenda ou uma lixa. Gosto de trabalhar com as suas ferramentas.
Eu não mais. Comigo aconteceu de muita coisa intelectual ter se perdido de alguma maneira. Se ainda estivesse presente, eu teria prazer nisso também.
Eu tenho prazer em estar com você.
Então está bem. Não me sinto abandonado nem enganado. Vivi muitas coisas, tive muitas coisas e alcancei muitas coisas. Não é tão ruim que agora exista apenas menos produtividade em mim.
Acho que você se subestima. Eu não o subestimo. Ainda há muita coisa, mesmo que não seja produtividade no sentido habitual.
Sim, sim, antigamente, às vezes eu ainda fazia umas coisas, essas coisas tinham como base as minhas ideias, mas agora estou fraco. Mas tanto faz. Se eu estivesse magoado ou decepcionado, perguntaria se vocês me ajudariam. Mas estou bem satisfeito. Tive muita coisa. Mas agora — e não é de hoje — eu não gosto mais. Meu saber e meu fazer já estão ladeira abaixo há tempos. Menos velho, eu já era adulto, eu sabia muita coisa. Agora, sinceramente, não sei mais nada... Ah... ah... Tudo dá errado. Mas eu não estou de modo algum infeliz por ter deixado de dominar algumas coisas. Simplesmente passou. Eu ainda posso ficar contente quando os outros têm sucesso. Mas minhas pilhas, essas acabaram.

A CASA TINHA SERVIDO ao seu propósito. Nela os filhos cresceram e se tornaram adultos, e depois a velha caixa ainda aguentou até papai ser transferido para o asilo. Agora tudo estava gasto e fora de moda, e havia muitas preocupações. Papai tinha construído a casa à sua maneira, seguindo a própria cabeça. Desde os anos 1970, tinha feito reformas e promovido ampliações. O que dizer? Casas assim são também autorretratos indiretos.

A casa passava uma impressão de provisoriedade e remendo. Durante as reformas e ampliações, papai só pedia ajuda quando já era tarde demais. Em seu emprego, ele dispôs — durante décadas — de todo o conhecimento necessário para trabalhar de maneira autônoma. Em relação às obras na casa, ele confiou em ser igualmente competente, mas seu sucesso não foi tanto. Em alguns pontos, o resultado deixava muito a desejar. Além disso, papai desenvolvera gradualmente uma rejeição quase patológica contra qualquer tipo de descarte. Jogar fora tinha se transformado em tarefa dos filhos.

O aniversário de 83 anos de papai caiu num fim de semana. Como todos os membros da família estavam presentes, mamãe providenciou para que já na sexta-feira uma grande caçamba estivesse na frente da casa. Estávamos dispostos a fazer uma faxina.

O trabalho avançava célere e sem problemas. Quanto mais os quartos de depósito se esvaziavam e mais se via do jardim e da garagem, mais aliviados nós ficávamos. A decepção foi perceber que a caçamba estava longe de ser suficiente para nossa lida, mal fizemos três viagens com os entulhos de dentro de casa para ela, e já estava cheia. Ainda nem tínhamos tocado nas partes mais altas da casa e no porão ainda se amontoavam coisas que devem ter sido guardadas para um possível uso futuro, mas que se tornaram inúteis com o tempo. Um vizinho, a quem pedimos emprestado uma lona para cobrir a caçamba por causa da previsão de tempo ruim, já nos tinha avisado: ao esvaziar a casa dos pais, ele precisara de duas caçambas.

A segunda caçamba apareceu defronte à casa no final de agosto. Nesse meio-tempo, minha irmã tinha comprado sua própria lona, pois novamente a previsão era de chuva. Por essa razão, adiantamos grande parte do trabalho já na sexta-feira, mamãe e Katharina ajudando — agora era a vez do sótão. A casa é relativamente alta, com as janelas sob o gablete a cerca de 8m acima do nível da rua. De uma das janelas do antigo quarto de Peter, jogamos para o jardim quase tudo o que havia se acumulado por décadas e mais décadas no sótão — madeiras, placas de gesso, caixas de papelão com roupas velhas, os antigos beliches, portas, cômodas, tapetes, malas, antigas persianas, camas de molas velhas e colchões, também alguns móveis que desmontaram na queda. Quebrados, pareciam-se com bêbados largados sobre o jardim.

Entre os jogos de tabuleiro, o "Jogo da vida". Fora com isso e ponto final; é história!

Choveu de sábado para domingo, mas o sol reapareceu no domingo à tarde, de modo que prosseguimos com o trabalho. Mamãe trouxe papai para casa, o ambiente estava feliz, meu pai parecia em harmonia com seu mundo. Quando caminhei com ele pelo terraço e coloquei meu braço sobre seu ombro, ele me olhou travesso e disse:

"Aha, seu moleirão, agora você veio atrás do meu esqueleto para conseguir se apoiar um pouco."

"Isso seria bem agradável para mim, eu confesso."

Mais tarde, quando voltamos a trabalhar, ele disse:

"Eu os ajudo quando vocês realmente precisarem de mim. Mas a ênfase está no *realmente*. Bem, eu falei; agora chequem e vejam como vocês vão dar conta disso. Acho que vocês são espertos o suficiente."

Na hora do almoço, ele já havia explicado a Helga e a mim como o muro do jardim defronte a casa tinha sido bem construído e como havia pensado em tudo ao levantar a obra. Ele estava de *alto-astral*, muito eloquente e apreciando receber de nós as maiores loas.

"Sim, dá para aprender muito com você."

Claro que nós realmente podíamos aprender com ele: que é melhor não ficar guardando tudo que o pensamento permite achar que algum dia, num futuro distante, ainda será útil. O contraste com seu quarto no asilo era chocante. Lá seu espaço era muito limitado, sem a possibilidade de guardar mais o que quer que fosse. E de que coisas o homem necessita até a sua morte? Pensei muito nisso durante a arrumação. Pois mesmo na casa não havia mais que um pequeno punhado de coisas nas quais a vida de papai estava tão impregnada que queríamos mantê-las de qualquer maneira. Quase tudo que tirávamos dos cantos era simplesmente entulho.

Domingo à noite, quando começou a escurecer, todos os quatro filhos de papai se concentraram no porão. Peter, Helga e Werner na oficina, eu na despensa de alimentos. Lá encontrei um antigo moedor de café, um batedor de carne de madeira, velhas cúpulas de abajures, o tambor da primeira máquina de lavar dos meus pais, caixas vazias de vinho e material de artesanato. A grande quantidade de pó e mofo me fez espirrar. Abri a janela estreita e comprida bem debaixo do forro, logo acima do nível da rua. Peter e eu entramos por essa janela, aos treze e dez anos, ao voltarmos da temporada de férias de mergulho livre com a "Juventude de Proteção à Natureza", quando fomos deixados diante da porta de casa à uma da manhã. Eu me esgueirei até minha cama, onde Helga estava deitada — provavelmente porque a sua tinha sido alugada a hóspedes passando férias.

Entrei debaixo das cobertas junto dela, ela acordou e disse que o tio Alwin tinha morrido e já fora enterrado; tratava-se do marido de Mile. Fiquei chocado pelo fato de essas coisas acontecerem na minha ausência, que enterros fossem realizados, que um tio simplesmente desaparecesse.

Agora eu me lembrava de acontecimentos como esses, ecos adormecidos que espanamos de cantos empoeirados.

Quando Helga trouxe da oficina duas armadilhas para morcegos e perguntou se elas ainda seriam úteis (não, em Wolfurt quase não há mais morcegos, eles podem entrar no rol de animais em extinção), pensei naquilo que o tio Paul respondeu quando lhe perguntei pelo maior talento de meu pai:

"Caçar morcegos!"

Na primavera de 1939, a comunidade pagava alguns centavos por cada morcego capturado. August e Paul tinham ganhado o equivalente a uma bicicleta para cada com as caçadas de morcegos, uma da marca NSU e uma Viktoria. Paul tinha sido apenas o ajudante, August fora o cabeça. Além da propriedade da família, eles caçaram também na terra de um vizinho.

Colecionar tinha um valor positivo. A comunidade também dava alguns trocados para o quilo de joaninhas. Josef e Robert foram com varas e uma lona até uma das pontas de Oberfeld, ao longo do rio Bregenzer Ache, onde havia inúmeras árvores, e num dia conseguiram juntar 40kg de joaninhas — para as crianças, essa era a única possibilidade de ganhar algum dinheiro.

Com algumas vassouradas enérgicas, também varri o pó para fora da porta. À noite, às nove e meia, o trabalho tinha sido encerrado. Não cobrimos a caçamba, pois o céu estava cheio de estrelas. Desci até o apartamento da varanda, que — graças a invisíveis relações de força na casa — eu já habitava desde meus treze anos. Minha mãe tinha se recolhido aos cômodos superiores, Katharina tinha voltado a Viena no sábado pelo trem noturno. Sentei-me junto ao notebook e fiz algumas anotações sobre o acontecido. Nesse momento lembrei-me que, durante a arrumação da oficina, Werner tinha feito uma observação que me chamara a atenção. Ele encontrara diversos papéis numa pequena prateleira da parede que separava a despensa, em parte coisas muito particulares que ele nem queria olhar.

Subi até a oficina. Numa pilha de documentos diversos, encontrei uma pasta com treze folhas. Nessas folhas, papai tinha registrado, aos 24 anos, suas lembranças do final da guerra. A pasta estava lá, intocada, há décadas e eu não sabia da existência desses apontamentos até então.

Fui tateando através do corredor escuro de volta até a cozinha, sentei-me diante das folhas e li. A guerra, que não tinha tido qualquer significado para aquele rapaz de dezoito anos e que para ele significara um ano roubado de sua vida, foi tratada rapidamente, a velocidade narrativa diminuiu apenas com a dispensa do *front*. O período no hospital e a penosa volta para casa foram descritos com detalhes, com papai constantemente à procura de pessoas que falassem o dialeto de Vorarlberg e às quais ele podia pedir um pedaço de pão, sem que isso parecesse uma mendicância exagerada.

As minúcias me chocaram — de um lado por sua crueza, de outro por sentir, de repente, que, apesar de todo meu esforço, eu conhecia muito pouco sobre papai, sobre suas origens, suas derrotas, seus medos e seus desejos.

Eu já sabia que ele roera um osso podre durante o descarregamento do butim de guerra, o que lhe causara uma diarreia. E, vez ou outra, ele contava também que emagrecera rapidamente até os 40kg, apontando para a foto guardada em sua carteira atrás de um plástico transparente. Novidade era que, antes da tomada da foto, ele ficara quatro semanas de cama, entre mortos e moribundos. No barracão batizado de hospital em Bratislava, tinham sido construídos estrados de madeira de 50cm de largura para os doentes. Em muitos dos estrados, eram colocados dois doentes sobre cada um desses estreitos estrados; eles ficavam deitados de lado, encostados um no outro. Uma situação fatal, tendo em vista as doenças infecciosas e as feridas malcuidadas.

Ao contrário dos dias, as noites eram geladas, e como as enfermeiras russas, cuja memória me é extremamente desagradável, só permitiam uma coberta para cada dois homens e às vezes eu passava frio. Por isso me vi obrigado a pedir a um dos meus colegas de infortúnio, que não estava mais preso à cama, que me arranjasse um pulôver. E, de fato, ele me entregou o objeto de desejo já na manhã seguinte, dizendo que o despira de alguém que morrera à noite, antes ainda de os russos se darem conta.

Durante muito tempo fiquei deitado diante do chamado setor da morte. Era assim, os que estavam desenganados pelos médicos devido ao avanço de suas doenças tinham sido transferidos para um determinado setor. Essas pobres pessoas não podiam mais ir ao sanitário, não comiam mais nada, sujavam os catres várias vezes com sangue, chamavam pelo enfermeiro com a voz fraca e desesperada, perguntando quando iriam novamente ao sanitário... Era terrível de se assistir. Quase diariamente pude ver como um ou mais morriam, abandonados pelo mundo inteiro e sem qualquer apoio. A maioria estava completamente consciente, mas seus corpos eram, literalmente, só pele e osso.

Esses mortos devem ter continuado a sussurrar durante anos no escuro, mortos que sussurram o fazem de maneira comovente e insistente. Se houvesse uma eleição pelo que é mais bonito, estar morto ou vivo, os mortos, que são maioria, votariam pela morte.

Essa situação durou dois dias, depois a febre cessou. Por isso, não era de espantar que logo depois eu tivesse de cumprir a jornada de trabalho, quer era enterrar os mortos. Os dez mortos no decorrer dos últimos dias foram jogados sobre uma carroça e cobertos com alguns cobertores velhos, depois de terem sido completamente despidos. Oito presos foram utilizados como animais de tração, e assim passamos por algumas ruas secundárias de Pressburg até um local de despejo. Lá já havia sido escavado um buraco, no qual agora os mortos eram jogados. Coube a mim a tarefa desagradável de ajudar no fechamento do buraco. Ninguém podia dizer quantos presos mortos estavam enterrados naquela região. De todo modo, havia muitos túmulos aqui, caso seja possível usar o termo "túmulos" para isso.

No mundo do qual meu pai viera não havia tal abandono, as pessoas morriam em casa em meio à família e na presença do padre. E os coveiros conheciam os nomes dos mortos. Talvez tenha sido por isso que papai, durante anos, no dia de Finados, tenha recolhido donativos para a Cruz Negra.* Fora isso,

---

* Organização austríaca, suprapartidária e supraconfessional, que se dedicou a arranjar sepulturas adequadas aos mortos em ambas as guerras mundiais e as mantêm até os dias de hoje.

ele nunca se encontrava com veteranos de guerra, nunca contava detalhes a nós, filhos. Ele restringia o assunto a si mesmo e aos mortos. Eles povoavam o seu sono, moravam em sua fantasia e influenciavam, com pressões silenciosas, suas decisões — esse é o estilo dos mortos.

"Sim, vá você para casa. Eu só posso lhe dar um conselho: ficar em casa e não ir adiante!"

Na noite de domingo para segunda, a lua estava exatamente sobre o último pinheiro diante de meu apartamento e iluminava a minha cama. Na segunda metade da noite e pela manhã, assim me pareceu, ventou forte. Folhas de jornal, trazidas pelo vento, farfalhavam na escada que descia ao meu apartamento — isso atrapalhava o meu sono. Apesar disso, de manhãzinha a segunda caçamba também foi levada, sem que ninguém tivesse se dado conta. Ainda dormíamos quando foi retirada. Os olhos se abriram e se fecharam rapidamente uma vez e a frente da casa estava vazia sob o sol da manhã, como se nunca tivesse havido nada.

Nos dias seguintes, a cada viagem de carro, mamãe e eu descartávamos papel velho, roupas velhas e metal velho. Aos poucos, a garagem também se esvaziou. Restou apenas um pouco de madeira e aquilo que separamos para a feirinha dos escoteiros: comparativamente pouco. Minha mãe viajou de novo, eu continuei mais alguns dias sozinho na casa, com a certeza de que papai nunca voltaria a alguns cômodos. Aos domingos e durante as festas de família, ele ficaria sentado na cozinha e na sala. Mas seu dormitório, que agora estava tão vazio quanto uma pista de dança, não pertencia mais a seu mundo.

Caminhei ao redor da casa várias vezes, comovido pelo fato de que alguém tinha se esforçado muito para criar ali um lugar onde era possível se sentir seguro e acolhido. Agora tudo estava abalado, o homem, a casa, o mundo. Achei que ainda escreveria um livro intitulado *Paisagem depois de batalha perdida*.

Chegara o momento da terceira ceifa, no início de setembro. Erich, o segundo irmão mais novo de meu pai, ceifou o pomar com a foice, tudo manualmente, trecho por trecho — isso me tranquilizou. O final do verão é minha época predileta, quando as árvores grandes estão no campo ceifado com as suculentas maçãs vermelhas e as peras amarelas. O vento não para de soprar e, às vezes, as árvores soam feito fragatas e as crianças brincam nos jardins vizinhos. E as sombras das árvores e dos galhos, que já perderam muitas folhas, ficam tão claras e com seus contornos tão nítidos como nunca à luz do sol poente.

Da minha escrivaninha, eu enxergava o pomar e os arredores. Tio Erich e tia Waltraud trabalhavam quase diariamente no campo. Certa vez vi um menino turco de cerca de seis anos — que mora na casa vizinha e que eu já presenciara *ajudando* no trabalho outras vezes — caminhando atrás do tio Erich, enquanto este carregava o feno no carrinho de mão. O menino comeu uma maçã que tinha colhido do chão, chamava tio Erich de "vovô", o que certamente era necessário para a criação de uma nova identidade cultural dos dois lados. Pois a sociedade tradicional, na qual meu pai e seus irmãos passaram a infância, desmantelou-se. Ainda há trabalhadores do campo, mas não há mais vida camponesa. A chamada mudança de estruturas transformou Wolfurt numa cidade com residências e indústrias, e quem planta uma árvore frutífera alta recebe da prefeitura um abono, para que alguns cantinhos do vilarejo continuem a se recordar de uma cultura que está chegando ao fim no país.

Mordiscando a maçã, o menino marchou um pouco pelo campo e respondeu a um longínquo chamado de outra criança: "Cuco-cuco!"

Ele foi até o limite do terreno, onde no ano passado foram levantadas duas novas casas no antigo pomar do vizinho. O menino observava um homem jovem que balançava a filha pela mão e o pé no jardim e que depois foi com a garotinha até a porta da varanda da nova casa. O homem era o neto da mulher da qual meu pai recebera o quarto no asilo. O menino voltou correndo até Erich. Erich puxou o carrinho de mão lotado com feno em direção a casa.

Logo em seguida o pomar estava vazio, e os tocos brilhavam num delicado verde-claro.

O zepelim veio voando de Friedrichshafen e se virou na altura de Oberfeld — como acontece várias vezes durante o verão, quando o tempo está bom. Um gavião voava mais abaixo, duas gralhas atacaram-no durante o voo, picaram suas costas e suas asas, mas o gavião não parecia se incomodar — de todo modo, ele não fazia nenhum esforço em desviar-se dos ataques. Ele planava devagar em direção ao rio Bregenzer Ache.

Lembrei-me de quando uma tempestade se formava e quinze ou vinte membros da família tentavam, num trabalho febril, proteger o feno da chuva. Os chamados fortes dos homens na direção do trator, que puxava o carro do feno; o gemido, quando um forcado de feno era lançado sobre o monte; nós, crianças, que recebíamos o feno no alto do carro, o dividíamos e o metíamos nos cantos; os passos ligeiros das sandálias das mulheres, que juntavam atrás do carro os colmos que tinham ficado pelo chão. Acima de tudo, o ritmado estrépito do trator e o trovejar da tempestade que se aproximava. E daí o percurso rápido em direção à eira. Em cima do carregamento de feno, nós, crianças, nos deitávamos de barriga para baixo, para que os galhos das pereiras, sob os quais o trator passava, não batessem em nossas orelhas. Pequenos montinhos de feno ficavam presos aos galhos e continuavam pendurados assim por dias. E as pesadas gotas de chuva estalavam sobre nossas pernas nuas, arranhadas pelo feno. Os priminhos e as priminhas, que corriam atrás do carro, soltavam gritinhos de alegria. Alguém já tinha se adiantado com a bicicleta e aberto o portão para a eira. O carro de feno era manobrado com gritos enérgicos sob a proteção do alpendre. Daí o ribombar da chuva sobre o alpendre e sobre a rua. E o ar quente na eira, sufocante.

Mais tarde, nos reuníamos na sala de estar da casa de vovô, tomávamos suco e sorvete. Em casa, debaixo da ducha, o nariz cheio de pó de feno, um jantar rápido antes da televisão. Já cansados demais para conseguir acompanhar as imagens, elas se pareciam com sonhos antecipados. Então íamos para a cama, onde as panturrilhas raladas quando encostadas no tecido áspero de linho produziam uma sensação aconchegante. Adormecer imediatamente.

Também ficou na minha lembrança que os filhos de vovô se juntavam ao nascer do sol para ceifar o morro — nos anos 1970 e no início dos anos 1980, isso acontecia três vezes ao ano. Em geral eles eram cinco: Emil, August, Paul, Robert e Erich. Cada um trazia sua foice e sua pedra de amolar, Paul e meu pai com seus velhos calçados de futebol, por causa dos tocos e pela boa proteção quando pisavam numa lesma espanhola. Os irmãos desbastavam a colina íngreme em fileiras regulares. O quarto de crianças, que eu dividia com Werner, tinha as duas janelas voltadas para a colina, no verão elas ficavam abertas à noite. Por isso acordávamos às cinco da manhã com os primeiros sons das pedras de amolar. Às vezes, dois homens amolavam ao mesmo tempo, de maneira rítmica — cht, cht, cht —, ao fundo escutávamos o ceifar ritmado das foices nos caules úmidos de sereno da vegetação. Isso durava mais ou menos uma hora e meia; voltávamos a adormecer. Em seguida, papai e seus irmãos iam para casa com suas foices sobre o ombro, tomavam banho e iam trabalhar no banco de hipotecas, na repartição municipal, na floresta, na leitura de relógios de luz e no banco nacional.

Os dias dos homens são como grama.
Com algumas marias-sem-vergonha no meio.

Numa das minhas visitas nessa semana, convenci papai a mais uma queda de braço. No começo, ele fez força para o lado contrário, eu lhe expliquei como funcionava, ele compreendeu, deixei-o vencer duas vezes. Ele ficou alegre, mais pela *tolice* que estávamos fazendo do que pelas vitórias, que ele não comentava. Ele dizia apenas, com um sorrisinho:

"Gente que faz o que fazemos não tem qualquer serventia por aqui."

A idade?

Bem, dá a impressão de que não sou mais um jovenzinho, que faço parte dos mais velhos ou dos velhos. Para mim tanto faz como dizer isso.

Você tem medo da morte?

Embora seja uma vergonha não saber, não consigo lhe dizer.

Era de tarde, por volta das 15h45. Depois de ter calibrado os pneus na bicicletaria, fui ao asilo, onde não encontrei papai na sala de estar. Fui achá-lo em seu quarto, deitado na cama com os olhos arregalados. Ele não reagiu à minha saudação. Tentei mais uma vez, os olhos continuavam fixos, nenhuma reação. Observei se respirava — seu peito subia e descia. Apesar disso, minha pulsação disparou, pois nem minha voz cada vez mais aguda parecia afetar papai. Pensei que tivesse tido um ataque ou algo semelhante. Mas ao décimo ou décimo primeiro chamado ele estremeceu e olhou para mim assombrado, como se não conseguisse entender como eu aparecera tão repentinamente ao lado de sua cama. Perguntei-lhe, nervoso, como estava se sentindo. Ele deu de ombros e disse:
"Espero que bem."

Dizem que cada narrativa é um ensaio geral para a morte, pois cada narrativa precisa chegar a um fim. Ao mesmo tempo, por se dedicar ao desaparecimento, a narrativa traz as coisas desaparecidas de volta.
Let us sit upon the ground and tell sad stories of the death of kings.*

Depois eu me sentei na cadeira, olhando através da janela para a rua Lauteracher, onde esporadicamente

---

* Vamos nos sentar no chão e contar tristes histórias sobre a morte de reis.

passava um carro. De vez em quando, perguntava a papai se ele queria ir lá para fora comigo. Ele não queria. Tentei animá-lo com um passeio ao ar livre, mas ele não se convenceu.

"Você quer sair comigo, papai? Podemos dar um pequeno passeio."

"Passear onde?", ele perguntou.

"Lá fora, no jardim."

"Não tenho vontade."

"A Wolfurt, papai."

Ele me olhou, assentiu e disse, comprovando que seu coração ainda sabia pelo que batia:

"Isso já é outra coisa, evidentemente."

Ele se levantou e foi comigo até a porta. Aliviado por sabê-lo ainda vivo, segurei em seu braço.

Quanto mais nos distanciamos de nossas origens, mais tempo temos a impressão de termos vivido. Se usarmos essa relação com meu pai, sua vida foi curta demais até a guerra; em seguida, longa por um breve período; outra vez, curta por um tempo muito longo; somente na demência ela voltou a ser longa.

Um morador se aproximou, arrastando os pés, e me perguntou se *O lobo e as sete cabritinhas* não era uma história de infanticídio. Respondi-lhe que ele provavelmente tinha razão e que eu iria pensar a respeito.

Meu pai seguiu o homem com o olhar como se nunca o tivesse visto antes, e depois o esqueceu novamente.

Ele chamava os outros moradores do asilo de "panelas velhas, nas quais não é possível juntar vontade e ação" e, às vezes, de "preguiçosos", mas sem se colocar como exceção. Ele se sentia bem entre seus iguais.
"Aqui há ainda mais *desses preguicentos*. Amatilhei-os todos."
Outra vez, ele disse solidário:
"Nós somos um bando de remendados."

"Sou um sujeito inofensivo na terra de Deus, alguém que não dá saltos muito altos e que deixa tudo viver."

Quando quero comparar papai com uma personagem da literatura, lembro-me de Liévin, o protagonista masculino de *Anna Kariênina*; e isso não apenas porque Liév Tolstoi descreve como Liévin ceifa a grama com a foice. O que une os dois é o desejo de melhorar as coisas. Ainda hoje papai consegue olhar ao seu redor no jardim e dizer:
"Aqui haveria algumas melhorias a fazer. Pude constatar isso a olho nu. Acho engraçado o que eles fizeram aqui. Não entendo qual a vantagem que se tira disso, não consigo atinar."

Muitas vezes ele se ocupava com planos ambiciosos:
"Ideias tenho muitas, só que elas não saem mais."

Lembro-me de suas calças lasseadas e de como ele, debaixo do guarda-sol, rebocava a garagem. Os vizinhos dormiam debaixo do guarda-sol.

Não era raro ele estar com um lenço na cabeça, no qual havia feito pequenos nós nos quatro cantos, como proteção contra o sol.

"E o que é isso?!"
"São árvores, papai."
Ele ergueu as sobrancelhas:
"Mas elas não dão a impressão de serem árvores."

Agora estávamos sentados no banco do jardim, e ele assistia, interessado, como eu fazia anotações num antigo caderno de escola. Ele segurava o caderno para que este não escorregasse ao escrever. Ele perguntou:
"Como você se deu com seus papéis?"
"Sempre me dei bem com meus papéis", respondi.
"Eu também", ele disse.

Trata-se de uma constelação curiosa. Ele não consegue segurar aquilo que lhe dou. Eu seguro com toda a força aquilo que ele me dá.

Horas assim se estendem muito e tenho tempo para prestar atenção em muitas coisas. Quase nada escapa ao meu olhar, estou interessado e muito consciente, todas as coisas fluem com muita clareza para dentro de mim, tal como se subitamente uma luz clara se irradiasse ao meu redor.

Papai me observava ao escrever, como se quisesse dizer: "Sente-se quieto, meu filho — você precisa aprender sua lição!"

Há algo entre nós que me levou a me abrir mais ao mundo. Isso é, por assim dizer, o contrário daquilo que normalmente se diz do mal de Alzheimer — de que ela quebra relações. Às vezes, criam-se relações.

Quando se dividiu aquilo que esperávamos, apenas então começamos a viver.

A felicidade que, com a proximidade da morte, recebe uma força especial. Lá onde não a aguardávamos.

Assim como o general de Gaulle, que, ao ser perguntado sobre como gostaria de morrer, respondeu: "Vivo!"

Quando fui visitar tia Berti num sábado à tarde, a primeira mulher de Paul, eu tinha acabado de fazer dezenove anos. Tia Berti queria se despedir de seus muitos sobrinhos e sobrinhas. Um religioso acabara de sair da casa, desejando melhoras a tia Berti. Ela me disse que não se deseja melhoras a quem está para morrer, que isso era ridículo. Ela parecia decepcionada e magoada. Esse breve momento, no qual uma moribunda, mãe de três filhos, dois deles adolescentes, exigia não fechar os olhos diante dos fatos em relação à morte, impressionou-me profundamente. Nunca me recuperei completamente dessa frase.

Às vezes, aprendemos num instante mais do que num ano inteiro de escola.

Essa foi a época dos acontecimentos tristes que acompanharam o suicídio de três afilhados de meu pai: Joe, Maria e Irmi. Trata-se de uma grande tragédia familiar, de difícil elaboração em sua incrível fatalidade, que não cessa de acabrunhar a todos.

Quando falei sobre isso com papai, ele não conseguia se lembrar.

"Não, eu não sei nada a respeito", ele disse.

Por outro lado, sua mãe, que também morreu naquele tempo, está viva novamente:

"Preciso ir para casa, mamãe está esperando por mim."

Durante milênios, o destino foi um conceito elementar. Hoje é quase proibido falar em destino, tudo tem de ser explicado. Às vezes, porém, nos acontece algo que não conseguimos explicar nem deter. Por acaso escolhe alguém; os outros, por acaso, não. Por quê? Isso permanece um mistério. A saudade do vivido e das pessoas que nos deixaram.

Em algum momento, papai vai dar o suspiro ao qual não se seguirá nenhum outro. Todo esse esforço me deixa furioso — e para que tudo isso? Depois, volto a pensar que há alguma verdade naquilo que Julien Green escreveu aos oitenta anos em seu diário: de que ele não tinha problemas em perder habilidades e em ter de morrer. Deus pegava o apagador e apagava o que estava escrito na lousa, a fim de escrever nela o próprio nome.

Ao contrário de mim, meu pai é muito crente. Mas num sentido material, eu também gosto daquilo que Julien Green escreveu sobre esse *Outro*, que escreve seu nome na lousa. Lugares que utilizamos passarão a ser utilizados por outros. Ruas nas quais trafegamos passarão a ser trafegadas por outros. O espaço em que papai assentou sua casa passará a ser habitado por outros. Alguém vai continuar a contar a história que estou contando.

Esse arranjo é tão absurdo e triste quanto me parece verdadeiro.

O jornal diz que baratas sobreviveram aos testes nucleares no atol de Bikini e que elas também sobreviverão ao fim da humanidade. Mais uma coisa que sobreviverá a mim. Eu já tinha me conformado que o vinho e as garotas iriam sobreviver a mim. Mas dói um pouco saber que existirão baratas que aproveitarão suas vidas enquanto eu terei de me despedir.

Certa vez, quando fui buscar uma garrafa de vinho na despensa do porão, a janela estreita sob o teto estava aberta, por isso eu pude ouvir meu pai falando do lado de fora. Ele estava sentado sobre a muretinha com Daniela e dizia:

"Talvez um dia chegue o tempo..."

Se os homens fossem imortais, eles refletiriam menos. E se os homens refletissem menos, a vida seria menos bela.

Sem o absurdo da vida e a existência da morte, nem *A flauta mágica* nem *Romeu e Julieta* teriam sido escritos. Por que deveriam?

A morte é o motivo pelo qual a vida me parece tão atraente. Ela faz com que eu enxergue o mundo com mais clareza.

Ela não me é bem-vinda por isso, considero-a um estorvo, e é infinito o sentimento de pena por tudo aquilo que se perde. Mas visto que a morte é inescapável, a indignação contra ela me parece como os latidos dentro da noite — tendo em vista a vida que se impõe.

O tempo continuará a correr, apesar de todos os protestos.

Acho que esse curto diálogo aparece no filme *A dama de Xangai*:
"Eu não quero morrer."
"Eu também não. E quando acontecer, que eu seja o último."

Independentemente de quanto os homens apreciam a vida: quando acham que uma vida não oferece mais qualidade suficiente, a morte não pode vir de súbito, rápido o bastante. Daí os familiares começam a falar do tema eutanásia, mas fariam melhor em refletir sobre a própria incapacidade de lidar com a situação modificada. A questão é: queremos livrar o doente da sua enfermidade ou a nós mesmos do desamparo?

Culpados por ainda viver! Ainda!

Sempre sou pego desprevenido quando papai, com uma suavidade que antes eu não via nele, coloca a mão sobre meu rosto, às vezes a palma da mão, com frequência o dorso dela. Daí percebo que nunca serei tão próximo dele quanto nesse momento.

Sempre vou me lembrar disso. Sempre. Sempre! Ou, pelo menos, enquanto eu puder.

Coloquei o braço ao redor de seu ombro e disse:

"E aí, seu velho faixa-preta?"

"Eu?", ele perguntou surpreso.

"Você não é um velho faixa-preta?"

"Depende da perspectiva... Sabe, um faixa-preta tem força..."

Então ele me olhou, me avaliou com animação e disse:

"Você é alguém que gostou de muitas coisas e que torceu o nariz para muitas coisas."

"De algumas coisas eu gostei muito", eu disse.

"Você sempre gostou de aventuras. Eu, não."

"Do que você gostava?"

"De ir para casa."

Uma outra vez, quando peguei sua mão e a apertei, ele me perguntou:

"Por que você está fazendo isso?"

"Por nada", eu respondi.

Ele me olhou com um misto de curiosidade e irritação, e depois disse:

"Claro que você pode segurar minha mão quanto você quiser. Mas eu bem que gostaria de saber por que você a segura."

"Eu faço isso porque gosto de você", disse.
Essa explicação deixou-o envergonhado; num tom de voz que tinha relação com sua autoimagem de não ser útil para mais nada, ele disse:
"Você está falando isso por falar..."
"Claro que eu gosto de você", eu disse inseguro e, por isso, com pouca força de persuasão.
Meu pai baixou a cabeça e não tocou mais no assunto.

Quando me pergunto que tipo de pessoa é papai, às vezes ele cabe facilmente num esquema. Em seguida, ele volta a se partir nas muitas figuras que assumiu ao longo da sua vida em relação aos outros e a mim.
Essa capacidade insondável de ser feliz, de rir e fazer amizades rapidamente.
Na volta da guerra para casa, o talento de papai em ganhar simpatias lhe foi útil várias vezes. Os nomes daqueles que o ajudaram na necessidade estão cuidadosamente registrados nas anotações sobre o final da guerra. A balsa do Danúbio em S. Valentin precisava ser paga, o que foi feito por um certo Alfons Mayr, da cidade de Ried im Innkreis. Em Urfahr, ele recebeu um pão de Ewald Fischer e Guido Orsinger, de Kennelbach. Alguém falsificou para ele um certificado de despiolhamento, para que ele pudesse se deitar debaixo do banco no carro da Cruz Vermelha: Siegfried Nosko, de Dornbirn. Al-

guém dividiu com ele sua porção dupla de comida: o professor de música Franz Gruber, de Bregenz, que tocava música dançante para os americanos.

Quase todos fracassam na imagem que se tem do pai. Quase nenhum homem consegue ficar à altura da imagem que os filhos fazem do próprio pai.

O que ele poderia me contar da doença caso voltasse de lá — feito Rip van Winkle da noite de vinte anos no boliche. Certamente poderíamos falar de outra maneira, mais aberta, mais próxima, mais inteligente.
Seus filhos, pelo menos é o que parece, sairão dos acontecimentos de algum modo mais aprimorados.

É evidente que isso deixará marcas profundas.

Depois de muitos anos de separação e de independência, sua esposa lhe perdoou o casamento fracassado. Seu desejo sincero de um relacionamento para a vida toda se concretiza em parte.
Há poucos dias ele estava sentado numa cadeira na cozinha de casa, em silêncio durante todo o tempo, e minha mãe cortava seus cabelos.

Reconhecem-se sentimentos com trajetórias reviradas principalmente em relacionamentos familiares e de casais — *retorcidos como saca-rolhas.*

Muitas vezes, enxergo meu pai dos tempos passados no pobre homem destituído de sua razão. Quando os olhos brilham claros e ele sorri para mim, o que felizmente acontece com frequência, então eu sei que minha visita também valeu a pena para ele.
Muitas vezes é como se ele não soubesse de nada e compreendesse tudo.

Certa vez, ao lhe dar a mão, ele se compadeceu de mim porque a mão estava fria; eu lhe disse que estava vindo da rua, da chuva. Ele manteve minha mão entre as suas e disse:
"Você pode fazer o que tem de fazer, enquanto isso vou esquentar essa mão."

Depois, nos sentamos no sofá, e quando estava decidido quem se sentava onde, ele disse:
"Sou um rapaz mais velho e não gosto de coisas complicadas."
Mozart soava do alto-falante, o som numa altura adequada. Quando alguém passava, papai dizia "Aleluia!" e seguia a pessoa com o olhar.
Depois de dizer "Aleluia!" novamente e a pessoa rir, ele comentava com Katharina e comigo com palavras matreiras:
"Isso tem o efeito de uma bomba."

Esse velho com seus pequenos desejos, que ele prefere a uma nova moradia no paraíso: dar um passeio e encontrar alguém com quem possa conversar um pouco.

Não há muito para se esperar no asilo: pequenos agrados, rostos sorridentes, gatos perambulando, uma boa piada. Gosto de saber que as pessoas que moram aqui estão livres da constante cobrança social por resultados.

A escassez de possibilidades tem, às vezes, algo de libertador. Imagino isso como a espera numa pequena estação ferroviária na Sibéria, a quilômetros do próximo povoado, estamos sentados lá, mordiscando sementes de girassol. Em algum momento, certamente um trem vai passar. Em algum momento, alguma coisa vai acontecer. Certamente.

Papai tomou um gole do café, colocou a xícara ao lado do pires, olhou para ambos e perguntou:
"São parentes?"
"Sim, ficam juntos", foi a minha resposta.
"Foi o que imaginei, por causa das cores", ele disse.

O jornal diz que as ovelhas negras estão rareando por causa do aquecimento da Terra.

Meus temores de que a parte boa pudesse ter terminado se mostraram muitas vezes infundados, minhas previsões raramente se concretizaram. *Nisso você se enganou muito*, papai teria repetido o tempo todo, em seu estilo sóbrio. Por isso agora não olho para o futuro com mais tanto medo quanto no começo. Não vejo as coisas mais tão sombrias.

Numa expectativa contida.

Queria escrever este livro com calma, empreguei seis anos nele. Ao mesmo tempo, esperava poder escrevê-lo ainda antes de papai morrer. Não queria falar dele depois de sua morte, queria escrever sobre alguém vivo, achava que papai — assim como toda pessoa — merece um destino que se mantém aberto.

No momento em que escrevo estas frases, tenho quase metade de sua idade. Demorou para chegar até aqui. Demorou para descobrir algo sobre as coisas fundamentais que nos impulsionaram a sermos as pessoas que somos.

"Antigamente eu era um sujeito forte", papai disse para Katharina e para mim. "Nada de franguinhos como vocês!"

Ou seja: quem espera o suficiente, pode se tornar rei.